Ulrich Bräuel

Das Tagebuch der Susanne K.

Kriminalroman

Ulrich Bräuel

Das Tagebuch der Susanne K.

Kriminalroman

TRIGA – Der Verlag

Bibliografische Information der Deutschen Bibliothek.
Die Deutsche Bibliothek verzeichnet diese Publikation in der
Deutschen Nationalbibliografie; detaillierte bibliografische Daten
sind im Internet über http://dnb.ddb.de abrufbar.

Die Handlung dieses Romans sowie die darin vorkommenden
Personen sind frei erfunden, eventuelle Ähnlichkeiten mit realen
Begebenheiten und tatsächlich lebenden oder bereits verstorbenen
Personen wären rein zufällig.

1. Auflage 2009
© Copyright TRIGA – Der Verlag
Herzbachweg 2, D-63571 Gelnhausen
www.triga-der-verlag.de
Alle Rechte vorbehalten
Lektorat: Renate Richter, Biebergemünd
Coverfoto: © Loraliu - Fotolia.com
Druck: Daten- & Druckservice Spengler, 63486 Bruchköbel
Printed in Germany
ISBN 978-3-89774-651-0

Erster Teil

Nur der engste Familienkreis der Dr. Susanne Kremm, ihre Brüder und Neffen und Nichten, waren zu ihrem Begräbnis im Mai des Jahres 2001 auf dem Städtischen Zentralfriedhof versammelt. Sie hatte es so gewollt. So und nicht anders. Ansonsten wären es Hunderte von Trauergästen gewesen, die der angesehenen Studienrätin die letzte Ehre erwiesen und zu ihrer Grabstätte gedrängt hätten. Menschenansammlungen waren ihr stets zuwider gewesen, zu laut, zu oberflächlich und auch bedrohlich. Auf ihrem letzten Weg sollten sie nur das stille Gedenken und die Gebete ihrer Liebsten begleiten. So geschah es also.

Susanne war bis kurz vor ihrem Ableben nach schwerer Krebserkrankung bei vollem Bewusstsein gewesen und hatte die Zeit genutzt, noch den Notar ans Krankenbett zu rufen. Viel war es nicht, was sie zu vererben hatte. Aber das sollte klar und gerecht verteilt werden, bis zum letzten Löffel.

Die Testamentseröffnung brachte keine Überraschung. Die ledig und kinderlos gebliebene Schwester hatte alles ihren beiden älteren Brüdern hinterlassen, die einzelnen Nachlassgegenstände genau bezeichnet und jedem zugeordnet sowie den Neffen und Nichten kleine Geschenke vermacht. Der älteste Bruder Günther, ebenfalls ein Studienrat, bekam sämtliche Bücher, der andere, Martin, mehr Mobiliar und Hausrat. Er war Amtmann bei der Kultusverwaltung.

Ob denn noch eine besondere Verfügung getroffen sei, wollte Günther vom Notar wissen. Es habe da eine besondere Art von Büchern gegeben. Der Notar schüttelte den Kopf. Er wisse von nichts.

Erfüllt von tiefer Trauer über das frühe Hinscheiden ihrer erst einundfünfzigjährigen Schwester, bewegten sich die Brüder wie mechanisch durch deren verlassene Wohnung. Wegen ihrer hohen Fenster war sie eigentlich eine besonders helle Wohnstätte. Dennoch strahlte sie eine etwas diffuse Düsternis aus. Das lag nicht nur an den fast durchweg in schwarzbraun gehaltenen Möbeln, sondern vor allem an ihrer Anordnung. Wie an Linien gezogene geometrische Figuren standen Tische und Stühle, Sessel und Hocker, Schränke und Regale in Wohn- und Arbeitszimmer auf dem dunklen Parkettboden und an den weißgetünchten Wänden. Kein Teppich, kein Läufer unterbrach die glatte Bodenfläche, die der Möbel-Geometrie zusätzliche Strenge gab. Daran änderte auch nichts der Wandschmuck, der sich in zahlreichen Schwarzweiß-Drucken präsentierte: in dunkle Leisten hinter Glas gerahmte Abbildungen von Geistesgrößen. Homer, Aristoteles, Voltaire, Descartes, Spinoza, Kant, Schopenhauer, Nietzsche, Hegel und die Dichterfürsten, voran Goethe und Schiller, dann auch Heine und Fontane, und schließlich, ja, auch Bert Brecht schauten ohne wohltuende Ausnahme als Galerie finster dreinblickender Gesichter in Susannes intimsten Lebensraum.

Allerweltskultur, die in jeder öffentlichen Bibliothek hängen könnte, hatte mal ein Besucher dazu bemerkt, die Hausherrin damit aber nicht beeindrucken können. Sie wies im Übrigen selbstbewusst auf Vordenker ihrer speziellen Verehrung hin: Johann Heinrich Pestalozzi und Anna Freud, die für Pädagogik und Kinderpsychologie standen. Deren Porträts, finster blickend und schmucklos gerahmt wie die anderen, hingen in ihrem Arbeitszimmer an den metallenen Bücherregalen, die drei der vier Wände bedeckten, vom Fußboden bis zu Decke; auch sie dunkel wie die Möbel. An der Decke des Wohnzimmers dominierte die Lampe aus Bronze, in Form eines Kreuzes. An jedem der vier Enden stand senkrecht eine Leuchtkerze, weiß und kalt.

So nahm sich das mit tiefrotem Samt bezogene Möbel im Arbeitszimmer fast wie ein Fremdkörper aus: Susannes Lehnsessel, daneben eine Stehlampe, ebenfalls aus Bronze, aber umwölbt von einem großen Haubenschirm, der helles Licht nach unten lenkte. Hier hatte die Hausherrin regelmäßig, vor allem in den Nächten, einige Stunden der Muße bei ihrer geliebten Lektüre verbracht und dabei einen Teil ihrer immensen Belesenheit erworben.

Wie für eine andere Frau hergerichtet dagegen das kleine Schlafzimmer. Die Tapeten gelb mit grünen Fantasieblümchen, dunkelrot die Vorhänge, ockerfarben der flauschige Teppichboden und Schellack in Elfenbein als Fassung von Schrank und Bett; nicht harmonisch, aber eine wärmliche Kuschelhöhle.

»Nichts in dieser Wohnung ist Zufall«, Günther sprach leise, »wenn man ihr Wesen nicht gekannt hätte, an diesem Interieur könnte man es erahnen.« Der Bruder pflichtete ihm bei: »Helle und Fröhlichkeit waren ihr fremde Geister, zur Nacht floh sie wie in einen Kokon.«

Mit einem Ansatz zur Aufgeregtheit entfuhr Günther die Frage nach einem Geheimnis, mit dem sich seine Schwester über Jahrzehnte umgeben hatte. »Wo hat sie denn nur die Tagebücher versteckt?« Manchmal hatte die Familie Susannes Intimität mit ihrem auf viele Bände angewachsenen Tagebuch zwar mit Lächeln und Achselzucken begleitet, war aber erst vor Jahresfrist aufgeschreckt, als Susanne mit einem Zornesausbruch Günther aus ihrem Arbeitszimmer buchstäblich hinausgeworfen hatte: Er war bei einem Besuch durch die offen stehende Tür zum Schreibtisch gegangen, auf dem ein zugeschlagener schwarzer Lederband lag. Das hatte genügt, Susanne aus der Fassung zu bringen und der Familie wieder den tiefen Ernst vor Augen zu führen, der die Schwester bei dieser Abschottung beherrschte.

Sie hatte keinen Ehemann, sie hatte keine Kinder, sie hatte ein Tagebuch. Das war ihr Privatleben. Über allem aber stand ihr Beruf, in dem sie aufgegangen war. Sie hatte die Berufung zum Lehren, die sie mit Hingabe erfüllte, die sie vornehmlich zu denen hinführte, die ihrer Hilfe am dringendsten bedurften: den Mädchen in der Pubertät. Das war für sie unumstößliche Gewissheit.

Allen Versuchen der Schulleitung, sie wegen ihrer anerkannten wissenschaftlichen Qualifikation in der Oberstufe einzusetzen, hatte sie energisch widerstanden und dabei auch auf ihr Psychologiestudium hingewiesen, das sie nur wegen dieser Altersgruppe an die Germanistik angehängt habe.

Ihre Erziehungserfolge waren sprichwörtlich. Die Mädchen hingen an ihren Lippen, folgten ihr enthusiastisch, baten um Gespräche unter vier Augen. Eltern wurden nicht müde, Äußerungen der Belobigung zu verbreiten. Andere erbaten die Umschulung ihrer Töchter, nur damit sie in die Betreuung von Susanne Kremm kämen.

Die vorgesetzte Schulbehörde hatte von alledem ein klares Bild und ihr neben dem Einsatz in der Oberstufe noch Beförderung und Beurlaubungen zu wissenschaftlicher Arbeit angeboten. Alles hatte sie von sich gewiesen und auf der uneingeschränkten Fortsetzung ihrer praktischen Tagesarbeit mit den Jugendlichen beharrt: angewandte Wissenschaft, wie sie sagte. Sie lehre die deutsche Sprache in Grammatik, in Rechtschreibung, Interpunktion und Stil. Viel Raum habe die Literatur. Das alles müssten die Mädchen exakt lernen. Trotz der vor allem in diesem Alter natürlicherweise starken Ablenkung. Aber gerade damit müssten sie zielstrebig fertig werden, und dabei würde sie, die Lehrerin, ihnen helfen; manchmal wie eine Seelsorgerin.

Die Beunruhigung der Brüder über die Unauffindbarkeit der Tagebücher hing tief in ihren Seelen. Sie konnten sich mit dem negativen Ergebnis ihrer peinlich genauen Wohnungsdurchsuchung nicht zufrieden geben, bei der sie sogar die Wände auf Hohlräume abgeklopft und Dachboden und Keller umgekrempelt hatten. Sie belasteten sich mit der Vorstellung, die Aufzeichnungen könnten in falsche Hände geraten und missbraucht werden. Quälend aber wurde ihre Befürchtung, den ersehnten Aufschluss auch über jenen Teil der Gedanken- und Erlebniswelt ihrer geliebten Schwester nicht mehr gewinnen zu können, den sie vor aller Welt verborgen hatte.

Dabei ging es ihnen weniger um die letzten Jahrzehnte, in denen Susanne, wie sie vermuteten, im Wesentlichen berufliche Alltagserfahrungen, vielleicht auch theoretische Erörterungen dem versteckten Papier anvertraut habe.

Nein, ihre von Emotionen gedrängte Wissbegier richtete sich vor allem auf jenen dramatisch bewegten Lebensabschnitt der damals dreizehn bis vierzehn Jahre alten Susanne. Das sensible Kind war in den Mittelpunkt eines skandalösen Geschehens geraten, das die ganze Stadt in Bestürzung und Empörung versetzt hatte. Ein angesehener Bürger, Mathematiklehrer, war angeklagt, sie beim Nachhilfeunterricht sexuell missbraucht zu haben. Begleitet von lautstarkem Medienspektakel, das weit über die Stadt hinausreichte, stand Susanne vor dem Schöffengericht des Amtsgerichts: als Opfer und Hauptzeugin.

Niemand war darüber verwundert, dass das fröhliche, extrovertierte Kind plötzlich schweigsam wurde und verschreckt wirkte. Alle herzliche Zuwendung von Familienmitgliedern und Freunden schien von ihr abzuprallen. Einsilbig durchlebte sie ihre Tage und zog sich am Abend nach dem Essen in ihr Zimmerchen zurück. Sie hatte schon vorher damit begonnen, sich ihrem Tagebuch anzuvertrauen, einer einfachen, handgroßen Kladde mit grünem Pappdeckel, die sie Tag und Nacht in ihrer Obhut hielt.

»Wir müssen das respektieren«, hatte der Vater gesagt und der Familie das Eigentliche eines Tagebuchs zu erklären versucht. Besonders bei heranreifenden jungen Mädchen spiegele sich in den Eintragungen ein ängstliches Belauschen des eigenen Herzens, der eigenen Empfindsamkeit. »Schaut euch um in der Dichtung. Dem Tagebuch, so können wir lesen, werden häufig Gefühle und Sehnsüchte anvertraut, die man nicht laut auszusprechen wagt, weil man sich schämt oder sie für nebensächlich hält.« Oder man könne es auch viel einfacher sagen, ob uns das nun gefalle oder nicht, das Mädchen fange an, seinen eigenen Weg zu gehen, und dann sei es nur natürlich, dass ihr Leben etwas bestimme, das sie mit der Familie nicht mehr teilen könne. Wir sollen es also nicht wissen und würden die familiäre Nähe missbrauchen, wenn wir heimlich hinter ihr Geheimnis schauten. – Keiner wollte das, keiner tat es. Einige Zeit nach dem Prozess war das Buch plötzlich verschollen. Sie habe es verloren, hatte Susanne erklärt. Später war es aber wieder aufgetaucht.

Heute jedoch, über dreieinhalb Jahrzehnte später und nach dem Ableben der Schwester, sahen sie ihre Wissbegier nicht mehr von solchen Respektsgeboten behindert. Die Tote war nicht mehr zu verletzen. Es ging nur noch um ihr Andenken, und das war durch nichts besser zu stützen als durch die Wahrheit. Jetzt konnte sich die lange gehegte Hoffnung der Brüder erfüllen, letzten Aufschluss über die damals deutlich gewordene Wesensveränderung ihrer Schwester zu gewinnen.

Sie ließen sich nicht entmutigen und konsultierten einen Anwalt. Auf sein Anraten forschten sie bei Susannes Sparkasse nach einem Schließfach. Es gab keins. Der Anwalt forschte bei allen Bankhäusern der Stadt nach Schließfächern der Verstorbenen. Fehlanzeige. Die Bücher waren nicht zu finden. Vor der Resignation schützte sie schließlich noch ein letzter Hoffnungsschimmer: Johanna Gönnenwein war über zwei Jahrzehnte die Zugehfrau der »verehrten Frau Studienrätin« und deren häusliche Vertraute gewesen. Es war doch denkbar, dass sie trotz der strengen Geheimhaltungsmaßnahmen einige Hinweise, gewisse Indizien bemerkt hatte, die bei der Suche weiterhelfen konnten.

Die treue Johanna hatte wegen einer Augenverletzung kurze Zeit im Krankenhaus zugebracht und an den Trauerfeierlichkeiten und der Hausdurchsuchung nicht teilnehmen können. Jetzt aber war sie wieder auf den Beinen und traf sich auf Bitten der Brüder mit ihnen in der Wohnung. Nach etwas zu hastigen Beileidsbekundungen drängte Günther zum Punkt: »Wissen Sie etwas von den Tagebüchern, irgendeinen Hinweis?«

Johanna wurde rot und zupfte nervös an ihrer schwarzen Seidenbluse. »Welche Bücher?« Sie schaute zu Boden und schüttelte den Kopf, winkte mit beiden Händen ab, wollte etwas sagen, sagte aber nichts, rang sich schließlich doch noch auf Günthers freundliches Zureden diese gepressten Worte ab: »Ich kann doch nichts dafür.«

Die Brüder konnten ihre Nervenanspannung nur mühsam beherrschen. Sie wähnten sich plötzlich nahe am Ziel. Und sie waren es. Johanna erzählte unter Schluchzen diese kurze, in ihren Augen aber dramatische Begebenheit: Wenige Wochen vor dem Ableben der verehrten Frau Studienrätin habe diese ihr am Krankenbett einen Sicherheitsschlüssel in die Hand gedrückt und erklärt, damit solle sie das Geheimfach im Schreibtisch öffnen, die darin liegenden Tagebücher herausnehmen und verbrennen. Sie dürften unter keinen Umständen jemandem in die Hände fallen, auch nicht den Mitgliedern der Familie.

»Und, haben Sie das gemacht?« Günther konnte seine Enttäuschung nicht verbergen. Johanna wand sich. »Na ja, ich hab die Bücher erst mal mit zu mir nach Hause genommen, aber verbrennen konnte ich sie doch nicht, ich hab keinen Kamin und keinen Ofen und hab das ein bisschen aufgeschoben. Und dann wurde ich ja selber krank, mit meinem Auge, wissen Sie.«

»Also sind die Bücher noch in Ihrer Wohnung?« Günther ging wie elektrisiert auf die verschüchterte Johanna zu. Sie nickte und leistete keinen Widerstand, als die Brüder erklärten, sie seien als Erben jetzt Eigentümer der Bücher und bestünden darauf, sofort zur Wohnung zu fahren, um die Bücher abzuholen.

Da lagen sie nun vor ihnen, die Bände, ihrer mystischen Unerreichbarkeit entkleidet, zum Anfassen. Fünf Stück, vier in Leder gebunden, umfassten sie beschriebenes Papier. Man brauchte sie nur aufzuschlagen. Eine simple Bewegung mit der Hand, und das letzte Geheimnis der Susanne Kremm war zu lüften. »So müssen sich Archäologen vor der Öffnung einer lange gesuchten Grabkammer fühlen«, murmelte Günther, und seine Hand griff reflexartig nach dem fünften Stück, der grünen Kladde.

Dieses vielleicht 50 Seiten starke Heftchen, ein billiges Produkt, vom kleinen Taschengeld der Dreizehnjährigen bezahlbar, musste den goldenen Schlüssel zum letzten Aufschluss enthalten. Susanne hatte immer erzählt, vor Gericht und zu Hause zum Geschehen dieselben Angaben gemacht zu haben, bis hin zu peinlichsten Einzelheiten. Aber hatte sie vielleicht dennoch Weiteres verschwiegen, etwa aus Scham? Oder hatte sie die ganze Tiefe ihrer Verletztheit verborgen, dem Papier aber anvertraut, weil sie meinte, so viel Schwäche nicht zeigen zu dürfen, sich andererseits aber die Last von der Seele schreiben zu müssen? Hatte sie vielleicht auch einen Zusammenbruch der Erzieher-Autorität erlebt und nicht verarbeiten können? Welcher Natur war der Anlass für diese hochgebildete und ansonsten so offene Frau, einen Teil ihrer Gedanken und Empfindungen Jahrzehnte gleichsam wie hinter einer Mauer zu verbergen? Und war überhaupt der Anschein richtig, die Wurzel dieses Verhaltens in dem damaligen Erlebnis zu erkennen?

Mit beherrschter Erregung, verunsichert, aber entschlossen, suchten die Brüder mit den Tagebüchern im Arm die Wohnung der Verstorbenen auf, ihre letzte Lebenshülse. Dort würden sie noch die Aura der geliebten Schwester verspüren, einen Hauch ihrer Lebenswärme. Günther setzte sich in den Lehnsessel, ebenfalls ein abgeschirmter Bereich in ihrem Alltagsleben. Niemand sonst hatte darin Platz nehmen dürfen. Den Wegfall auch dieses Tabus empfand der Bruder als einen weiteren Schritt in die Nähe ihres Geheimnisses. Die samtbezogenen Polster hatten den vertrauten Körpergeruch der Susanne konserviert, als hätte sie soeben noch in ihnen gesessen. Er meinte, ihr in die Augen zu schauen, als er die grüne Kladde aufschlug.

Die akribisch mit dem jeweiligen Datum versehenen Eintragungen begannen etwa ein halbes Jahr vor dem Skandal. Die ansonsten hervorragende Schülerin beklagt sich, mit der Mathematik nicht zurechtzukommen und ringt sich schließlich zu der Bitte an ihren Vater durch, ihr einen Nachhilfelehrer zu engagieren. Der Vater ist damit einverstanden.

Günther legte die Kladde wieder beiseite und verfiel in eine erregende Grübelei. Die Geschichte seiner Familie zog in der Erinnerung an ihm vorüber, so weit er denken konnte. Doch die dramatische Wende durch Susannes Schicksal in den Jahren 1963 und 64 beherrschte alle Empfindungen. Die Brüder gaben sich gegenseitig durch leise hingeworfene Stichworte Gedächtnisstützen, die ihnen das dreieinhalb Jahrzehnte zurückliegende Geschehen noch einmal so vor Augen führte, als sei es die lebendige Gegenwart.

Zweiter Teil

1

Der Diplom-Ingenieur Karl-Günther Kremm war nicht nur ein Könner in seinem Metier, der Elektrotechnik, sondern auch ein befähigter Organisator. So war sein steiler Aufstieg in dem Elektro-Konzern, in dem er seine Berufstätigkeit begonnen hatte, nur eine Frage der Zeit gewesen. Sie war sehr kurz. Mit knapp vierzig war er Abteilungsleiter und Mitglied des erweiterten Vorstands geworden.

Seine sechs Jahre jüngere Ehefrau, Andrea Susanne, hatte er mit dreißig geheiratet. Sie war hübsch und charmant und hatte Abitur, sonst nichts an Ausbildungsabschlüssen. Mit Hauswirtschaft hatte sie sich noch beschäftigt und ein wenig mit Gegenwartsliteratur.

Ihr eigentlicher Lebenstraum hatte sich auf die Gründung einer Familie konzentriert; Kinder wollte sie haben, möglichst viele. Mit einem attraktiven Mann und Familienvater, charaktervoll und Garant einer auch finanziell gut fundierten Existenz.

Ein Zufall hatte sie zusammengeführt und die Erfüllung ihrer hochgesteckten Wünsche möglich gemacht. Aus anfänglicher Sympathie war im Lauf der Ehejahre innige Liebe geworden, die sie auch mit ihren Kindern Günther, Martin und Susanne teilten.

Alles verlief wie geplant. Im Parkviertel hatten sie eine elegante Sieben-Zimmer-Wohnung. Jedes Kind bewohnte einen eigenen kleinen Raum, mit allem versehen, was ihre Bedürfnisse deckte.

Ihre Erziehung verlief problemlos. Sie waren begabt und lernwillig. Martin etwas weniger als die beiden anderen. Sie waren gut bis sehr gut, er war mittelmäßig.

Ihr Gesellschaftsleben beschränkten die Eheleute auf das Unerlässliche, das vor allem in Karl-Günthers beruflicher Position begründet war.

Sonderlich religiös waren sie nicht. Aber sie standen zu ihrem Protestantismus, gingen oft zum Gottesdienst und halfen etwas in der Gemeinde.

Der Lebensweg hätte die Familie kontinuierlich in die Richtung des Erfolgs und der Zufriedenheit weitergeführt – wenn sich der Skandal um Susanne nicht quergelegt hätte wie eine Barrikade. Neue Wege mussten gesucht werden.

Mit Bangen sah die Familie dem Prozess entgegen, dessen Verlauf und Ausgang die künftige Wegrichtung mit beeinflussen würde. Am 2. April 1964 würde der Prozess beginnen.

2

Das Schöffengericht in der Sitzung vom 2. April 1964. Den Vorsitz führt eine Berufsrichterin, neben ihr zwei Laienrichter.

Die Richterin:
> Die Öffentlichkeit wird ausgeschlossen. Angeklagter zur Person:

> Ich heiße Mathias Wißmann, bin vierundvierzig Jahre alt, verheiratet, Studienrat, Doktor der Mathematik, evangelisch, für die Dauer dieses Verfahrens vom Unterricht suspendiert.
> Ihre Adresse ist Waldstraße 10, hier am Ort?
> Ja.
> Sie haben zwei Töchter?
> Ja, Luise und Vera, zehn und zwölf Jahre alt. Meine Frau heißt Cordula, geb. Deisler.
> Herr Staatsanwalt, bitte die Anklage.

Der Staatsanwalt:
> Der Studienrat Doktor Mathias Wißmann wird angeklagt, sexuelle Handlungen an einem Kind vorgenommen zu haben, indem er am 24. November 1963 der damals unter vierzehn Jahre alten (geb. 10. Januar 1950) Susanne Kremm an die entblößten Brüste und an die Vagina griff, Vergehen gem. § 176(1) des Strafgesetzbuches.
(Um für den Leser einen lebensnäheren Bezug herzustellen, hat der Verfasser die gegenwärtig geltende Rechtslage angewendet, obwohl diese erst durch das Änderungsgesetz vom 23.11.1973, also nach dem Abschluss des dargestellten Prozesses in Kraft getreten ist.)

Die Richterin:
> Doktor Wißmann, Sie haben der Susanne Nachhilfeunterricht in Mathematik gegeben? Wollen Sie weiterhin leugnen, die Tat begangen zu haben?
> Ja.
> Hatten Sie zur selben Zeit noch andere weibliche Schülerinnen unter vierzehn Jahren?
> Ja, drei.
> Warum haben Sie Susanne Einzelunterricht gegeben? Es hätte sich doch angeboten, schon aus Kostenersparnis, die Kinder zum Unterricht zusammenzufassen, da sie im selben Alter waren und in derselben Entwicklungsstufe.
> Das wurde vom Vater so gewünscht.
> Haben Sie den Vater auf die Alternative eines Gemeinschaftsunterrichts hingewiesen?
> Nein, dazu bestand kein Anlass, der Kremm wusste als Vollakademiker doch, was Lernen heißt. Außerdem ist Einzelunterricht intensiver.
> Darüber gehen die Meinungen von Pädagogen auseinander. Oder war es nicht so, dass Sie von vornherein auf eine Gelegenheit zugesteuert haben, mit dem Kind allein zu sein, um sich in einem geeigneten Moment an ihm zu vergehen?
> Ich verbitte mir solche Unterstellungen.
> Sie werden sich noch mehrere Fragen dieser Art gefallen lassen müssen.
> Außerdem ist in meiner Wohnung immer jemand anwesend, meine Frau, die Kinder oder das Dienstmädchen.
> War das auch am vierundzwanzigsten November so? Ihre Frau hat vor der Polizei ausgesagt, dass außer Ihnen niemand in der Wohnung war. Das Dienstmädchen hatte frei.
> Das weiß ich nicht. Die Wohnung ist groß. Fünf Zimmer.

> Müssen Sie nicht zugeben, dass der Vorfall genau an diesem Tag...
> Welcher Vorfall denn?
> ... da ist unstreitig etwas vorgefallen, genau an diesem Tag, das für eine gezielte Berechnung spricht.

Der Staatsanwalt:
> Da hätten Sie sie auch vergewaltigen können.

Der Verteidiger:
> Der kriminalistischen Fantasie sind keine Grenzen gesetzt.

Die Richterin:
> Stören Sie meine Vernehmung nicht. Sie kommen alle zu Wort. Doktor Wißmann, beantworten Sie meine Frage.
> Da gab es nur einen Vorfall. Das Mädchen fiel mir um den Hals. Sie sagte: »Ich will Deine Liebe, Mathias« und drückte sich an mich. Ich war empört und habe sie weggestoßen. Sie solle sich schämen, habe ich gesagt, und der Unterricht sei ab jetzt beendet. Susanne war heftig erschrocken, sie schämte sich wohl richtig, ihr kamen die Tränen, sie schlug die Hände vors Gesicht und ...

Der Staatsanwalt:
> Und, haben Sie ihr die Hose wieder hochgezogen?

Der Verteidiger:
> Ich bitte, den Herrn Staatsanwalt zur Ordnung zu rufen, es ist unwürdig, ordinäre Fangfragen dazwischenzurufen, außerdem ...

Die Richterin:
> Ich bitte Staatsanwalt und Verteidiger zu mir vor den Richtertisch.

Ich erteile Ihnen nachher das Wort. Wenn Sie mich noch einmal unterbrechen, erteile ich Ihnen Ordnungsrufe. Doktor Wißmann, fahren Sie fort.
> ... und sie schlug die Hände vors Gesicht und sagte: »Musst Du mich denn so beleidigen? Kannst Du das nicht anders machen? Ich hasse Dich.« Dann rannte sie hastig davon.
> Susanne schildert den Vorfall aber ganz anders, umgekehrt.
> Sie lügt.
> Das sagt sie auch von Ihnen. Um das zu klären, sind wir hier. Spricht nicht auch gegen Ihre Aussage, dass Sie der Mutter am folgenden Tag telefonisch einen ganz anderen Grund für die Beendigung des Unterrichts gegeben haben? Was haben Sie ihr denn gesagt?
> Dass Susanne fachlich so weit wäre, dass sie keine Nachhilfe mehr benötige.
> War das richtig?
> Nein.
> Warum haben Sie das denn gesagt und nicht den Vorfall so geschildert, wie er sich nach Ihrer heutigen Darstellung abgespielt haben soll?
> Ich wollte das Kind schonen und damit die Sache begraben sein lassen.
> Das sollen wir Ihnen glauben? Spricht nicht vieles dafür, dass Sie nur Ihren eigenen Fehltritt vertuschen wollten? Denn das Schonen des Kindes hätten Sie doch viel sinnvoller seinen Eltern überlassen können.
> Ich kann dazu nur die Wahrheit sagen. Meine Darstellung ist richtig.
> Herr Staatsanwalt, noch Fragen?

Der Staatsanwalt:
> Angeklagter, trifft es zu, dass Sie der Susanne Ende Oktober eine Blume geschenkt haben?
> Das Datum weiß ich nicht mehr. Ja, ich habe ihr eine Blume geschenkt.
> Warum?
> Als Belobigung und Anreiz, weiterhin so fleißig zu sein.
> Haben Sie das bei Ihren anderen Schülerinnen auch gemacht?
> Nein.
> Warum bei Susanne?
> Eine Augenblickseingebung. Ich habe die Blume spontan aus einer Vase in unserer Wohnung gezogen. Herrgott, handeln Sie denn immer nur folgerichtig wie eine mathematische Formel?

Der Verteidiger:
> Der Herr Staatsanwalt handelt wie ein Uhrwerk und versteht das warme, widerspruchsvolle Leben nicht.

Der Staatsanwalt:
> Von der Wärme versteht Ihr Mandant offenbar sehr viel. War es nicht so, Angeklagter, dass Sie durch die Blume sprechen und damit das naive Mädchen geneigt machen wollten?
> Nein, das ist völlig abwegig.
> Stimmt es, dass Sie beim Unterricht neben dem Kind am Tisch gesessen haben?
> Ja, das stimmt.
> Warum denn, es wäre viel sinnvoller gewesen, dem Kind gegenüber zu sitzen, um ihm beim Dozieren ins Gesicht schauen zu können. Der pädagogische Einfluss wäre damit doch erheblich stärker.

> Ich brauche keine Belehrungen in Pädagogik. In der Mathematik ist es am besten, wenn man dem Kind beim Schreiben der Zahlen und Zeichen aus seiner Arbeitsperspektive zusieht, und das kann man nun einmal am besten an seiner Seite.
> Und an seiner Seite kann man es vor allem am besten begrapschen. Sie überzeugen mich nicht.

Der Verteidiger:
> Sitzen Sie bei der Unterrichtung der drei anderen Schülerinnen auch neben ihnen?
> Selbstverständlich, ich halte die Methode für richtig.
> Hohes Gericht, ich stelle den Beweisantrag, diese Kinder als Zeugen zu vernehmen zu der Behauptung, dass der Angeklagte sie niemals sexuell belästigt hat.

Der Staatsanwalt:
> Ich schließe mich dem Antrag an. Wer weiß, was die Mädchen uns noch alles zu erzählen haben. Vielleicht haben sie bisher nur aus Scham geschwiegen.

Der Verteidiger:
> Der Herr Staatsanwalt kann nicht anders. Diskriminierende Spekulationen sind sein Steckenpferd. Ich habe zunächst keine weiteren Fragen.

Die Richterin:
> Über den Antrag wird am Ende der Beweisaufnahme entschieden. Wir kommen jetzt zur Vernehmung von Susanne. Ich bitte mir äußerste Rücksichtnahme auf die Zeugin aus. Sie ist ein Kind und in einer besonders kritischen Situation.

Komm mal näher, Susannchen, komm an den Richtertisch heran zu mir.

Die Richterin steht auf, kommt ihr entgegen und führt sie zu einem Stuhl, der neben dem ihren aufgestellt worden war. Susanne saß nun neben ihr.

Die Richterin:
> Hab keine Angst vor uns. Ich bin auch eine Mami, habe auch so eine Tochter wie Dich. Ich weiß, wie es kleinen Mädchen in diesem Alter so geht. Es ist ja alles gar nicht so furchtbar schlimm hier. Schlimm wird es erst, wenn Du nicht die Wahrheit sagst. Wenn Deine Aussage falsch ist, kannst Du einen Unschuldigen in große Not bringen, er könnte seinen Beruf verlieren. Stell Dir mal vor, Dein Papi würde seinen Beruf verlieren und könnte eure Familie nicht mehr ernähren. Ist die Anschuldigung aber richtig, musst Du dabei bleiben, sonst würden wir vielleicht andere kleine Mädchen in Gefahr bringen, künftig von dem Angeklagten sexuell missbraucht zu werden. Außerdem musst Du Dir darüber klar sein, dass Du inzwischen vierzehn Jahre alt bist. Das heißt, dass Du jetzt strafmündig bist und für eine falsche Aussage vor Gericht bestraft werden würdest.
> Bleibst Du bei Deiner Aussage?

Susanne:
> Ja, ich bleibe dabei, er hat mir plötzlich den obersten Knopf meiner Bluse aufgemacht und mit seiner rechten Hand unter meinem Unterhemdchen nach meiner Brust gegriffen.

Richterin:
> Hast Du Dich denn nicht gewehrt?

Susanne:
> Ich war furchtbar erschrocken, er war doch der Herr Studienrat. Und dann hat er die Hand ja auch gleich wieder weggenommen.

Richterin:
> Und dann?

Susanne:
> Hat er schnell meinen Rock hochgezogen, mein Höschen nach unten gezerrt und nach meiner Muschi gegriffen und gesagt, ich liebe Dich.

Angeklagter äußert sich voll Zorn:
> Sie lügt, sie ist eine infame Lügnerin.

Die Richterin:
> Stören Sie meine Vernehmung nicht. Susanne, wie lange hat dieser Vorgang gedauert?

Susanne:
> Nur einige Sekunden, dann war ich nicht mehr erschrocken und hab ihn weggestoßen, ihn ausgeschimpft und bin gegangen.

Der Verteidiger schreit dazwischen:
> Sie lügt, das Mädchen wollte Liebe, Herr Doktor Wißmann hat sie zurückgewiesen. Jetzt übt sie Rache.

Die Richterin:
> Susanne, stimmt das?

Susanne:
> Nein, das stimmt nicht, er lügt.

Die Richterin:
> Ich lasse weitere Fragen an das Kind nicht zu. Es ist alles gesagt. Durch Wiederholung wird es nicht klarer. Herr Verteidiger, können Sie Beweise anbieten, die die Aussage ganz oder teilweise widerlegen könnten?

Der Verteidiger:
> Derartige Beweise kann ich gar nicht haben. Die beiden waren allein. Nur etwas zur Gesamtwürdigung ...

Die Richterin:
> Dazu kommen wir nachher. Susanne darf jetzt nach Hause gehen. Wir setzen die Beweisaufnahme durch Vernehmung der Ehefrau des Angeklagten fort.
Frau Wißmann, Sie können die Aussage verweigern. Wenn Sie aber aussagen, müssen Sie bei der Wahrheit bleiben. Sie sind von der Verteidigung als Zeugin für den guten Leumund Ihres Mannes, vor allem für seine Glaubwürdigkeit in diesem Verfahren benannt worden.
> Ich werde aussagen. Ich bin fest überzeugt, dass Susanne lügt. Mein Mann sagt die Wahrheit. Er wäre zu so einer Tat nicht fähig. Wir lieben uns innig, haben eine glückliche Familie. Nichts, was mich beleidigen, was den Kern unserer Bindung zerstören könnte, was unser Familienglück gefährden könnte, würde mein Mann tun.
> Nun sind Seitensprünge nicht gerade das Ungewöhnlichste auf der Welt.
> Mit dem Kind? Das wäre kein Seitensprung, das wäre ein Verbrechen. Dazu wäre er absolut unfähig. Er hängt nicht

nur mit Leib und Seele an seiner Familie, er ist ein Mensch mit hohen Moralansprüchen, ein verantwortungsbewusster Erzieher. Nein, niemals. Ich habe als Pastorentochter ebenfalls hohe moralische Ansprüche, die ich ihm vom ersten Augenblick unseres Zusammenseins an deutlich gemacht habe. Wir stimmten darin spontan überein. Ich weiß nicht, was ich noch sagen soll.
> Die Staatsanwaltschaft hat einige Zeuginnen benannt, die wir gleich anhören werden. Sie sollen die Liebschaften Ihres Mannes vor der Ehe gewesen sein. Recht zahlreiche, um es freundlich auszudrücken. Wenn sich das bewahrheitet, würden Sie dann Ihre Überzeugung von der hohen Moral Ihres Mannes im Bereich seines sexuellen Verhaltens aufrechterhalten?
> Meine Güte, ich habe einen blendend aussehenden Mann geheiratet, dem die Frauen nachgelaufen sind. Dass er in jüngeren Jahren kein Säulenheiliger gewesen ist, war mir klar, aber das war vor der Ehe.
> Kann man das so definitiv trennen?
> Ich kann. Das war ein Lebensabschnitt, den er hinter sich gelassen hat. Aber da ist noch eine Grenze, wie zu einer anderen Welt. Der Griff nach einem Kind. Ein Abgrund. Nein, nicht mein Mann.
> Auch Derartiges hat man schon erlebt, dass honorige reife Männer nach kleinen Mädchen greifen. Es soll ja hier auch nur um ein mehr Spielerisches gegangen sein.
> Nein, nein, nicht mein Mann.

Der Staatsanwalt:
> Der Angeklagte ist um seine Frau zu beneiden. Mehr ist aus dieser Aussage nicht zu folgern. Sie ist verliebt. Sie ist überzeugt. Ich nehme ihr das ab, aber ...

Der Verteidiger:
> Frau Wißmann, woraus schöpfen Sie Ihre Überzeugung, diese Sicherheit?
> Ich kann es nur wiederholen, aus unserer innigen Liebe. Er würde mich niemals so tief verletzen und auch sich selber nicht. Was ihm vorgeworfen wird, wäre ein zerstörerischer Verrat an allem, was uns bindet. Wir sind auch sehr religiös und leben in der Überzeugung, du sollst nicht Ehebrechen. Der christliche Glaube, der ist für uns das Gestirn, das über allem steht.

Die Richterin ruft die Zeuginnen Müller, Gaus, Herlemann und Abendroth auf.

Der Verteidiger:
> Ich protestiere gegen die Vernehmung dieser Frauen. Sie können zur Sache nichts aussagen und dienen der Staatsanwaltschaft offenkundig nur dazu, das Ansehen von Herrn Doktor Wißmann zu diskreditieren.

Die Richterin:
> Herr Verteidiger, die Zeuginnen sind vom Gericht geladen, weil die in ihr Wissen gestellten Tatsachen ein kleiner Beitrag bei der Bemühung sein könnten, die Wahrheit aufzuklären. Das ist bei der Sachlage »Aussage gegen Aussage« äußerst schwirig. Die Persönlichkeitsbilder beider Beteiligten könnten eventuell von ausschlaggebender Bedeutung sein. Wir hören auch Ihre Zeugen zur Persönlichkeit von Doktor Wißmann. Susanne wird ebenfalls beleuchtet.

Frau Müller, Sie waren mit Doktor Wißmann befreundet?
> Ja, vor etwa siebzehn Jahren. Eine wunderbare Zeit.

> Sie hatten ein intimes Verhältnis?
> Natürlich, wir waren junge Leute, haben uns wild geliebt.
> Können Sie uns sagen, welchen Ruf Herr Doktor Wißmann damals bei seinen Kommilitonen, vor allem den weiblichen, hatte?
> Extra-Klasse in Mathematik und im Bett.

> Frau Gaus, Sie waren mit Doktor Wißmann befreundet?
> Ein toller Mann, ja, vor siebzehn Jahren. Wir hatten eine innige Liebe, wollten für immer zusammenbleiben. Es war wie ein Rausch. Ich musste dann die Uni wechseln, und wir verloren uns aus den Augen. Es war der größte Schmerz meines Lebens.
> Wussten Sie, dass er zur gleichen Zeit ein Liebesverhältnis mit einer anderen Frau hatte? Mit Frau Müller?
> Nein, niemals, das glaube ich nicht. Nein, nein, Frauen spüren so etwas. Wir waren ein so inniges Paar, da hatte nichts und niemand einen Platz. Ich würde ihn heute wieder lieben.

Frau Herlemann, Sie waren mit Doktor Wißmann befreundet?
> Ja, vor sechzehn Jahren. Ein Traum von einem Mann. Wir waren alle hinter ihm her. Wer ihn hatte, wurde von den anderen Mädchen glühend beneidet. Ich war ein anderer Mensch damals.
> Wussten Sie, dass er zur gleichen Zeit auch eine andere Freundin hatte?
> Aber ja, das wussten alle. Wahrscheinlich hatte er noch mehr als eine. Es war mir völlig egal. Der Mann konnte einem den Verstand rauben. Wunderbar, wunderbar!

Frau Abendroth, Sie waren mit Doktor Wißmann befreundet?
> Ja, vor fünfzehn Jahren. Wir kannten uns aus dem Oberseminar. Er war der absolute Primus. Wir Mädchen waren alle verknallt in ihn.
> Hatte er zur gleichen Zeit noch andere Freundinnen?
> Das weiß ich nicht, vermutlich. Das war mir aber völlig egal. Dieser Mann war einzigartig. Das war kein Mann, das war ein Naturereignis, da brachen alle Dämme. Ist Ihnen schon einmal so ein Kerl über den Weg gelaufen? Dann wüssten Sie ja ...

Der Verteidiger:
> Fühlen Sie sich in irgendeiner Weise geschädigt?
> Nein, bereichert.

Die Richterin:
> Doktor Wißmann, bestreiten Sie die Angaben der Zeuginnen?
> Nein. Zu ihren Gedanken und Gefühlen kann ich nur vermuten, wie sie waren.
> So, wie die Zeuginnen sie geschildert haben?
> Ja, so könnte es schon gewesen sein.
> Herr Doktor Wißmann, würden Sie verstehen, dass das Gericht aus jener Lebensführung auf eine gewisse sexuelle Zügellosigkeit bei Ihnen schließen könnte?
> Diese Schlussfolgerung wäre unrichtig. Wir brauchen gar nicht darüber zu philosophieren, was Zügellosigkeit ist. Ich habe nie die Kontrolle über mich verloren. Viel wichtiger ist, dass ich jene Zeit schon mit Dreißig hinter mir gelassen hatte. Da begann meine intensive Vorbereitung auf das Staatsexamen mit anschließender Promotion. Das dauerte bis zum zweiunddreißigsten Lebensjahr, dann habe ich auch geheiratet.

> Sie wollen behaupten, dann, also mit dreißig, seien Sie ein völlig anderer Mensch geworden?
> Ich will behaupten, dass ich meine Lebensweise aus voller Überzeugung geändert habe.
> Also anders herum. Wie erklären Sie sich denn die Studienzeit davor?
> Ich versuche es so. Schauen Sie sich mein Leben ab 1938 an, da war ich achtzehn. Ich wurde zum Militär eingezogen. 1939 begann der Krieg. Muss ich schildern, was ein junger Mann dabei zu erleben hatte?
> Nein.
> Ich habe dann den ganzen Krieg gegen Polen mitgemacht, den Frankreichfeldzug und den Angriff auf die Sowjetunion. Ich gehörte zu den Truppen, die im Dezember 1941 im eisigen Winter vor Moskau stecken geblieben sind. Ein Teil meiner Kameraden ist ums Leben gekommen. Weiter ging es mit entbehrungsreichen und verlustreichen Kämpfen bis zum Sommer 1943. Dann bin ich in eines der grauenhaftesten Gemetzel der Kriegsgeschichte geraten, die Panzerschlacht bei Kursk. Vom 5. bis 13. Juli nur Granatenhagel, Tote, zerfetzte Leiber, gellende Schreie, brennende Panzer. Von meiner Kompanie sind nur drei oder vier Soldaten am Leben geblieben. Kein Dichter, kein Historiker kann die Entsetzlichkeit dieses Erlebens wiedergeben. Danach kam ich in russische Kriegsgefangenschaft, die bis 1947 dauerte. Dieses Dasein brauche ich wohl nicht sonderlich zu beschreiben.

Ja, Hohes Gericht, ich war dann siebenundzwanzig, über neun Jahre aus der Bahn geworfen, es scheint mir das Natürlichste von der Welt, dass wir jungen Leute in den friedlichen Verhältnissen des Zuhauses von großem Lebenshunger getrieben wurden. Das galt übrigens auch für die

jungen Frauen, sie waren jahrelang allein geblieben. Das ist mein Erklärungsversuch für mein Verhalten in jener Zeit. Die hat aber nicht länger als ungefähr drei Jahre gedauert. Mit meinem heutigen Leben hat das alles nichts mehr zu tun. Und vor allem, meine Frau hat das schon hervorgehoben, der Griff nach einem Kind ist eine andere Region der Amoralität. Ein Abgrund, ein Verbrechen. Ich bin unfähig dazu. Susanne lügt.
> Herr Staatsanwalt, noch Fragen?

Der Staatsanwalt:
> Die intellektuellen Fähigkeiten des Angeklagten sind unbestritten. Dass er jetzt alles heranzieht, um sich vor der Strafverfolgung zu schützen, ist menschlich verständlich, aber etwas zu fantasievoll. Die Schlacht bei Kursk als Ursache des Griffs an die Vagina! Der Angeklagte sollte Märchen schreiben.

Der Verteidiger:
> Der Herr Ankläger kennt die Zusammenhänge sehr wohl, dass nämlich Herrn Doktor Wißmann nicht Zügellosigkeit vorgeworfen werden kann und er eben nicht nach der Vagina gegriffen hat. Aber der Staatsanwalt muss opponieren, und wenn die Logik auf dem Kopf steht.

Die Richterin:
> Herr Oberstudiendirektor, Sie sind Leiter des Gymnasiums, an dem Herr Doktor Wißmann Lehrer ist. Sie wissen, worum es hier geht. Wie beurteilen Sie den Angeklagten?
> Ein hervorragender Fachmann und Pädagoge. Sehr einsatzfreudig und bemüht, den Kindern die bestmögliche Erziehung zukommen zu lassen.

> Hat es Hinweise oder gar Beschwerden über unkorrektes Verhalten gegenüber weiblichen Personen gegeben?
> Nein, er wird gegenüber Kolleginnen und Schülerinnen als überaus freundlich, aber korrekt angesehen. Er ist bei allen sehr beliebt und geachtet.
> Herr Staatsanwalt, noch Fragen?
> Ich habe diesen Leumund des Angeklagten nie infrage gestellt.
> Herr Verteidiger?

Der Verteidiger:
> Herr Oberstudiendirektor, trauen Sie Doktor Wißmann die vorgeworfene Tat zu?
> Nein, aber ...

Der Staatsanwalt:
> Aber? Das wird interessant.
> ... aber man hat sich immer die Frage zu stellen, wie weit man überhaupt fähig ist, in einen Menschen hineinzuschauen, ob man mit Sicherheit ausschließen kann, dass er Böses getan hat, mit ...

Der Verteidiger:
> Das gilt auch für den Herrn Staatsanwalt.
> ... mit dieser Einschränkung bleibe ich dabei, dass ich ihm die Tat nicht zutraue.

Die Richterin:
> Frau Elfriede Gotthilf, Sie arbeiten für den Kinderschutzbund?
> Ja, ehrenamtlich, mit ganzer Hingabe, schon über zehn Jahre.

> Sie haben Susanne in der Wohnung ihrer Eltern aufgesucht?
> Ja, wenige Tage nachdem der Sittenstrolch sie missbraucht hatte.
> Frau Gotthilf, noch gilt die Unschuldsvermutung, ob ein Missbrauch stattgefunden hat, müssen wir erst noch feststellen.
> Das Kindchen hat ja noch am ganzen Körper gezittert, ich habe es an mein Herz gedrückt, und da habe ich gewusst, an ihr ist ein schweres Verbrechen verübt worden. Sie ist ja noch so unschuldig und rein. Wie kann man sie nur dort anfassen, wo jeder anständige Mensch empört »Pfui« schreit.
> Sie glauben also ihre Darstellung?
> Seit ich sie ans Herz gedrückt habe, da wusste ich mit himmlischer Gewissheit, sie sagt die reine Wahrheit, so rein wie ihre Seele ist.

Der Verteidiger:
> Frau Gotthilf, haben Sie eigene Kinder?
> Nein.
> Aha, deshalb verstehen Sie auch soviel von Kindern.
> Kindersegen ist mir durch ein trauriges Schicksal versagt geblieben. Aber deshalb muss ich mich nicht verspotten lassen. Ich tue nur Gutes zum Wohle der wehrlosen Kinder, dafür gehe ich durchs Feuer.
> Lassen Sie sich nicht aufhalten.

Die Richterin:
> Herr Studienrat, Sie waren über ein Jahr Klassenlehrer von Susanne. Kann man ihr glauben?
> Ich kenne sie als offen und ehrlich, habe sie nie auch nur bei einer halben Unwahrheit erwischt.

> Wollen Sie ausschließen, dass sie die Unwahrheit sagt?
> Ich will diese Frage nicht beantworten, ich bin kein Hellseher.

Die Richterin:
> Frau Kremm, Sie sind Susannes Mutter. Ihre Aussage könnte erhebliche Bedeutung für den Ausgang des Verfahrens haben. Die Glaubwürdigkeit Ihrer Tochter steht im Mittelpunkt der Beweiswürdigung. Wie Sie wissen, bezeichnet Doktor Wißmann ihre Anschuldigung als Lüge. Ich muss Sie daher ganz eindringlich auffordern, streng bei der Wahrheit zu bleiben, wenn wir Sie zu Kriterien der Glaubwürdigkeit von Susanne befragen. Wahrheitswidrige Aussagen können schwer bestraft werden.
> Ich werde Ihre Fragen gewissenhaft beantworten. Darf ich vorab eine Stellungnahme zu dem ganzen Verfahren abgeben, so wie ich es beurteile?
> Fassen Sie sich bitte kurz.
> Ich halte den Strafprozess und die heftige Reaktion der Öffentlichkeit für maßlos übertrieben. Was der Lehrer getan hat, war unschön, sehr unschön. Dafür hätte er eine Ermahnung verdient und eine Entschuldigung bei Susanne abgeben sollen. Ich hätte ihr irgendeine verharmlosende Aufklärung gegeben. Dann wäre die Sache für alle Beteiligten kurz und schmerzlos erledigt gewesen. Ohne die schrecklichen Peinlichkeiten vor allen Leuten. Und Susanne war ja nur etwa sechs Wochen vom vierzehnten Lebensjahr entfernt. Dann wäre überhaupt nichts passiert, weil sie dann als Kind nicht mehr schutzwürdig gewesen wäre. Meint man denn im Ernst, dass sie sechs Wochen vorher mehr schutzbedürftig war?
> Frau Kremm, das Gesetz schreibt uns das Procedere vor.
> Trotzdem darf ich sagen, dass ich es für falsch halte. Des-

halb habe ich ja auch nicht Anzeige erstattet. Ich habe dies nur sehr zögernd dem Kinderschutzbund überlassen, weil die Dame mir eindringlich vor Augen hielt, die Kinderchen müssten unnachsichtig geschützt werden.
> Frau Kremm, wir nehmen Ihre aufrichtige Meinung zur Kenntnis. Halten Sie Susannes Aussage denn für glaubwürdig?
> Unbedingt. Sie hat mich noch nie angelogen. Unsere Kinder sind bewusst und intensiv zur Wahrhaftigkeit erzogen worden. Wir haben ihnen stets den moralischen Wert dieser Einstellung vor Augen geführt. Sie kennen auch die Anfechtungen, denen man dabei ausgesetzt ist. Nein, sie hat eine gefestigte Einstellung gegen Lügerei.
> Sie war zur Tatzeit in der Pubertät und ist es noch. Sie wissen, welche Veränderungen das im Fühlen und Denken der Mädchen verursachen kann?
> Susanne ist für ihr Alter sehr reif. Sie hat die körperlichen Veränderungen mit großer Ruhe und Vernunft begleitet. Ich hatte sie auch sorgfältig darauf vorbereitet, also rechtzeitig – sie war so Ende zwölf – über das Geschlechtsleben von Mann und Frau aufgeklärt, ohne Tabus. Sie wusste Bescheid.
> Hat sie Ihnen von Sexualfantasien erzählt oder solche angedeutet?
> Nein, nicht einmal in Ansätzen. Ich habe ihr aber klar gemacht, dass sich ihre Einstellung zu Männern langsam verändern wird und sie jederzeit mit allen Fragen zu mir kommen könne.
> Ist sie gekommen?
> Nein.
> Mädchen in diesem Entwicklungsstadium können einer plötzlichen sehnsüchtig schwärmerischen Neigung zu einem

Mann erliegen. Halten Sie es für ausgeschlossen, dass sich Susanne in den ja blendend aussehenden Doktor Wißmann verknallt hat, wie man so sagt?

> Ja, ganz gewiss. Eine absurde Annahme. Das hätte sie nicht verheimlichen können. Ich kenne jede seelische Regung meines Kindes.

> Schildern Sie uns doch bitte noch einmal, wie Susanne Ihnen den Vorfall erzählt hat und wie Sie darauf reagiert haben.

> Sie wirkte angekränkelt, zierte sich etwas, sprach leise und stockend und erklärte mit wenigen Worten, da sei etwas passiert. Der Mathematiklehrer habe sie an den Busen und an die Muschi gegriffen und gesagt, ich liebe dich.

> Wie war Ihre Reaktion, waren Sie aufgeregt?

> Ich war erschrocken, bin aber ganz ruhig geblieben und habe sie gefragt, ob sie sich auch nicht irre, ein Zufall vorliege, der Lehrer vielleicht nur hingefallen sei und nur aus Versehen nach ihr gegriffen habe. Das hat sie ruhig und entschieden verneint.

> Haben Sie nicht, vielleicht ganz unbewusst, ausschmückende Fragen gestellt, die das Kind erst darauf gebracht haben könnten, sich Erzählungen auszudenken? So etwas kommt vor.

> Ganz eindeutig: nein. Ich habe sie eindringlich befragt, ob die kurze Darstellung auch wirklich der Wahrheit entspreche, und habe nicht das Geringste hinzugefügt.

> Sie bleiben also dabei, Susanne sagt die Wahrheit?

> Ja, ich betone aber nochmals, dass ich die ganze Sache für nicht annähernd so schlimm halte, wie sie jetzt gemacht wird. Das ist auch für das Kind nur nachteilig.

> Ist Ihre Familie religiös?

> Wir sind evangelisch-lutherisch, gehen zur Kirche, aber nicht

jeden Sonntag, beten vor Tisch. Wir sind überzeugt, dass wir unser Leben vor Gott verantworten müssen.

Die Richterin:
> Wir kommen jetzt zur Anhörung des Sachverständigen für die Psychologie eines Kindes. Herr Doktor Hoch, Sie haben eine Untersuchung zur Glaubwürdigkeit von Susanne vorgenommen. Bevor wir zu Einzelheiten Ihrer gutachtlichen Analyse kommen, eine ganz allgemeine Vorfrage ...
> Ja, wie ich schon in meinem Bericht betont habe ...
> Den kennen wir, dazu gleich anschließend. Zunächst aber diese Frage, die sich dem Betrachter als Erstes aufdrängt. Hier steht Aussage gegen Aussage. Der Angeklagte, immerhin eine angesehene und gebildete Persönlichkeit, behauptet, das Mädchen hätte sich ihm an den Hals geworfen und Liebe gewollt. Wäre ein derartiges Verhalten mit den Erfahrungswerten Ihrer Wissenschaft vereinbar?
> Durchaus. Es kommt vor, dass Kinder von sich aus sexuelle Wünsche haben, und diese teilweise auch auf Erwachsene gerichtet sind. Das kann schon im Alter von zwölf Jahren beginnen.
> Muss man das als Abnormität bezeichnen?
> Das ginge zu weit. Exakte Zahlenverhältnisse haben wir nicht, können wir nicht haben, aber es kommt bei einigen Kindern einfach vor. Man muss das betreffende Kind individuell beurteilen, sehr sorgfältig, jeweils ohne Vorurteil.
> Gehen Sie bitte davon aus, dass das Gericht Ihren Bericht sorgfältig analysiert hat und wir uns hier auf Kernfragen konzentrieren können.
> Wie ich schon ausgeführt habe, ist die Frage der Suggestibilität von herausragender Bedeutung. Sie gibt beim Kind häufig zu Zweifeln am Wahrheitsgehalt des berichteten Sach-

verhalts Anlass. Das Kind ist im Allgemeinen schlau genug, Antworten zu geben, die der Befrager hören will, und meint, damit gut wegzukommen. Auch wenn es von der Wahrheit abweicht.
> Wir kennen das Problem. Wie kann man sich nach Ihrer Meinung am besten dagegen absichern?
> Das ist oft kaum möglich, leider. Denn das Schwergewicht liegt fast immer bei der Erstbekundung, dem spontanen Bericht des Mädchens. Wird es dabei suggestiv befragt, durchaus unabsichtlich, so kann das der Beginn sein, sich sozusagen »festzulügen«. Und das setzt sich dann bei weiteren Befragungen durch Ermittlungsbehörden und Gericht fort.
> Es muss doch nicht jede Befragung suggestiv beginnen?
> Nein, der ideale Weg wäre, dass das Kind spontan zu seiner Mutter geht. Diese wäre, als »gute Mutter«, noch der kompetenteste Mensch, das Mädchen zu einer von allen störenden Einflüssen freien Darstellung des wirklichen Sachverhalts zu veranlassen.
> Und das geschieht nach Ihrer Erfahrung meistens nicht?
> Nein, leider.
> Haben Sie eine Erklärung dafür?
> Es könnte damit zusammenhängen, dass die erzieherischen Tendenzen häufig dahingehen, die Genitalzone mit einem Tabu zu umgeben. Dadurch kann beim Mädchen ein Schamgefühl, ja sogar Schuldgefühl entstehen, wenn dieses Tabu durchbrochen wird.
> Obwohl es als Opfer ja doch gar nicht schuld ist?
> Diese Differenzierung traut es sich eben noch nicht zu. Es meint, ihm sei etwas geschehen, was die erzieherische Instanz missbilligt, zum Schimpfen veranlassen könnte. Wir haben bei unseren Untersuchungen Kinder erlebt, die das

Wort Geschlechtsteil, Scheide oder ein Synonym gar nicht auszusprechen wagten.
> Was kann man dagegen tun?
> Im Ermittlungsverfahren kaum noch etwas. Ganz generell rechtzeitig rückhaltlos sexuell aufklären, wenn das Kind den entsprechenden Reifegrad erreicht hat.
> Nun aber zu Susanne. Halten Sie ihre Aussage für glaubwürdig?
> Das Problem der Suggestibilität begründet jedenfalls keine Zweifel. Im Gegenteil. Susanne hat zuerst mit ihrer Mutter gesprochen, und zwar ohne Scheu. Die brauchte sie als aufgeklärtes Mädchen auch nicht zu haben. Und die Mutter ist auch nicht in hysterische Aggressivität verfallen, was einige Mütter tun, sondern ist die Sache ruhig angegangen, hat sie eher heruntergespielt. Sie konnte sich ja nicht einmal zur Anzeige entschließen. Das ergab für Susanne das nahezu ideale Klima, die Wahrheit zu sagen.
> Der Angeklagte wendet ein, sie sagt aus Rache die Unwahrheit. Sind Ihnen derartige Fälle bekannt?
> Nein, das kann aber nicht heißen, dass es sie nicht gibt. Dunkelziffern müssen in diesen Zusammenhängen immer für möglich gehalten werden. Schutzbehauptungen aber auch.
> Ihr Bericht endet mit Ihrem Eindruck, dass Susanne die Wahrheit gesagt hat. Bleiben Sie auch nach dem Verlauf der Hauptverhandlung bei dieser Einschätzung?
> Ich muss betonen, dass ja auch noch weitere Umstände hinzukommen. Der Sachverhalt ist denkbar einfach, das Ganze dauerte nur wenige Sekunden, da ist kein Raum für Fantasien. Susanne ist sehr intelligent, Irrtümer sind ausgeschlossen, sie ist religiös, konnte das Achte Gebot, »Du sollst nicht falsch Zeugnis ablegen", spontan hersagen, sie spielte, ähnlich wie ihre Mutter, die Geschichte eher herunter, war ruhig,

bestimmt und ernst. Das alles deutet kaum auf einen nach Rache erfüllten Geist. Außerdem berücksichtige ich den Gesamteindruck von ihrer Persönlichkeit, wenn ich zusammenfassend gutachte, dass ihre Aussage für wahrheitsgemäß gehalten werden kann.

Der Staatsanwalt:
> An sich könnte ich uns Weiteres ersparen, vielleicht noch dieses: Herr Doktor Hoch, kann man sagen, dass Mädchen von niederem sozialen Prestige eher motiviert sind, falsch auszusagen, als solche aus behütetem Milieu?
> Es wird wohl so sein, dass sie zum Teil andere Motive haben. Aber ob stärkere, dazu kann ich nichts sagen.

Der Verteidiger:
> Herr Doktor Hoch, ist Ihnen bekannt, dass in der Kriminologie bei Mädchen zwischen dem achten und vierzehnten Lebensjahr vom Lügenalter der Mädchen gesprochen wird?
> Das ist mir bekannt, in dieser Verallgemeinerung halte ich das aber für zu indifferenziert, weil das entscheidend vom Gegenstand der Aussage abhängen dürfte.
> Also genauer: Kann man Mädchen dieses Alters nach Ihrer Einschätzung als höchstgefährliche und zweifelhafte Zeugen besonders bei Sexualdelikten bezeichnen, wie angesehene Kriminologen sich ausdrücken?
> Dass man es so drastisch ausdrücken muss, möchte ich nicht bestätigen. Richtig ist aber, dass viele Mädchen dieses Alters dazu neigen, sexuelle Geschichten vorzulügen, zu erfinden.
> Ist Ihnen die Publikation des Bundeskriminalamts von 1961 bekannt, bei der 715 Gerichtsakten ausgewertet wurden?
> Ja, ich habe sie eingehend studiert.

> Dann wissen Sie, dass der Wert von Zeugenaussagen Minderjähriger untersucht wurde, die in Sittlichkeitsprozessen als Geschädigte galten, wobei dieses Wort bezeichnenderweise schon in der Überschrift in Anführungsstriche gesetzt war?
> Ja, das weiß ich, aber was ist Ihre Frage, worauf wollen Sie hinaus?
> Angesichts der dort festgestellten zahlreichen groben Lügen minderjähriger Mädchen über angebliche sexuelle Missbräuche, lautet meine Frage: Woher nehmen Sie die Sicherheit, die Aussage der Susanne gutachtlich für wahrheitsgemäß zu halten? Muss man nicht davon ausgehen, dass solche Aussagen für sich allein untaugliche Beweismittel sind, von vornherein unbeachtlich, wenn nicht andere schwerwiegende Umstände hinzutreten?
> Da haben Sie die Publikation aber missverstanden, sie enthält auch etliche Fälle, in denen die Mädchen die Wahrheit gesagt haben.
> Das habe ich nicht bezweifelt, aber wie kann man die von den Unwahrhaftigen unterscheiden?
> Indem man mit größter Sorgfalt all die Kriterien untersucht, die ich eben genannt habe.
> Kann der Gutachter insbesondere bei der Persönlichkeitsbeurteilung ausschließen, einem höchst subjektiven Eindruck zu erliegen?
> Nennen Sie mir einen menschlichen Wahrnehmungsbereich, in dem man das ausschließen kann. Ganz generell muss ich in diesem Zusammenhang aber betonen, dass sich in der forensischen Zeugenpsychologie nur mit Vorbehalt Normen setzen lassen. Die Versuche der Psychologen, eine Art Durchschnittstypus dieser jugendlichen Mädchen als Zeuginnen zu definieren, geschehen mit erheblicher Zurückhaltung. Wir

wissen, dass im Einzelfall Wesentliches tatsächlich anders sein kann.

Die Verhandlung war nunmehr so weit fortgeschritten, dass die Richterin von Staatsanwaltschaft und Verteidigung wissen wollte, ob man die Beweisaufnahme schließen, das hieß zu den Plädoyers und schließlich zum Urteil kommen könne. Der Staatsanwalt wollte es so. Der Verteidiger aber stellte einen weiteren Beweisantrag. Wegen der dennoch denkbaren Suggestibilität müsse man noch die beiden Personen vernehmen, die an der Befragung und Betreuung von Susanne beteiligt gewesen waren, nämlich eine Polizistin und eine Ärztin vom Kinderschutzbund. Und außerdem, dies sei herausragend wichtig, müsse ein zweiter Sachverständiger die Glaubwürdigkeit des Kindes begutachten. Denn bei dieser Beweislage – Aussage gegen Aussage – könne der möglicherweise doch subjektiv gefärbten Meinung des ersten Sachverständigen die den Prozess entscheidende Bedeutung zukommen.

Das Gericht beriet und entschied. Wenn auch nicht ganz frei von Bedenken, so denn doch im weitestgehenden Interesse der Wahrheitsfindung, solle so verfahren werden, wie die Verteidigung es wünsche. Die anderen Schülerinnen von Doktor Wißmann würden aber nicht vernommen werden. Die Verhandlung werde also vertagt und am 15. Juni fortgesetzt werden.

Das Schöffengericht in der Sitzung vom 15. Juni 1964.

Die Richterin:
> Die Öffentlichkeit wird ausgeschlossen.
Frau Polizeikommissarin, Sie haben Susanne zu dem Vor-

fall vernommen, etwa zwei Wochen danach. Das Protokoll weist eine recht kurze Vernehmung aus. Sie sind erfahren in Jugendsachen. Die Verteidigung ist besorgt, ob Sie durch ausschmückende Worte das Kind vielleicht erst zu seinen eigentlichen Vorwürfen gebracht haben könnten.
> Das Gegenteil ist der Fall. Ich habe sie mehrfach eindringlich ermahnt, bei der Wahrheit zu bleiben, nichts hinzuzufügen, aber auch nichts wegzulassen.

Der Verteidiger:
> Sie haben Susanne doch aber befragt, ob der Lehrer neben ihr gesessen ist und mit welcher Hand er ihre Scheide berührt habe und ob er mit den Fingern eingedrungen sei. Das war neu, das hatte sie noch nicht geäußert.
> Nein, weil es nicht passiert war. Naheliegende Begleitumstände muss der Vernehmer gerade im Interesse der Wahrheitssicherung abfragen. Abstrakte Behauptungen, wie »der hat mich geschlagen« oder »der hat mich schweinisch berührt« und so weiter sind schnell dahergesagt. Da muss man schon konkreter fragen, um der Gewissheit näherkommen zu können, dass nicht schnellfertig geschwindelt wird.

Die Richterin:
> Der Angeklagte leugnet die Tat, Susanne sage aus Rache die Unwahrheit.
> Also dafür habe ich nun ganz und gar keine Anzeichen bemerkt. Sie ist mir immer wieder ins Wort gefallen, das sei doch alles gar nicht so schlimm, der Lehrer habe einen bösen Brief von ihrem Vater bekommen, der habe sein Fett weg. Das habe doch mit der Polizei nichts zu tun. Sie wollte, dass Schluss gemacht wird.

Der Verteidiger:
> Vielleicht hat sie es mit der Angst bekommen.

Die Richterin:
> Frau Doktor Glimpf, Sie sind praktizierende Ärztin und ehrenamtlich für den Kinderschutzbund tätig. Sie haben Wochen nach Frau Gotthilf Susanne in der Wohnung ihrer Eltern aufgesucht. Wie beurteilen Sie die Glaubwürdigkeit des Kindes hinsichtlich seiner Darstellung?
> Man muss dabei sehr vorsichtig sein ...
> Das ist dem Gericht bekannt.
> Sie müssen wissen, dass ich mich intensiv mit der Viktimologie in diesem Kriminalitätsbereich beschäftige und deshalb mein Augenmerk besonders auf die Folgeschäden richte, und da könnten ja im sozialen Umfeld schwere Fehler ...
> Danach habe ich Sie nicht gefragt, bitte konzentrieren Sie sich auf die Glaubwürdigkeit von Susanne.
> Na, es gehört alles zusammen, bei so einem Vorfall ist man ja nicht dabei.
> Auch dies ist dem Gericht bekannt.
> Ein bedeutsames Hilfsmittel ist, häufig registrierte Tatmuster mit der Darstellung des Kindes zu vergleichen. Aufschlussreich sind die Art der Tatausführung, die interpersonelle Qualität des Täter-Opfer-Verhältnisses und die Persönlichkeitsstrukturen.
> Das sind alles Gesichtspunkte, von denen auch das Gericht sich leiten lässt. Wie ist Ihre persönliche Analyse bei Susanne?
> Ich habe sie ja in ihrer gewohnten häuslichen Atmosphäre befragt, wo sie naturgemäß ganz ruhig und sicher war und offen gesprochen hat. Das ist wichtig. Ich habe ihr geglaubt. Sie ist glaubwürdig, und ihre Darstellung ist es auch. Ein Lehrer-Schüler-Verhältnis ist nicht ungewöhnlich. Leider.

> Der Lehrer bestreitet dies aber.
> Ach, das tun sie doch alle, wenn sie vor Gericht stehen. Sie wollen nur nicht bestraft werden.

Der Verteidiger:
> Und wenn die Situation nun umgekehrt wäre, wenn Susanne unter Anklage stünde wegen falscher Anschuldigung und Doktor Wißmann Zeuge wäre, würde man dann auch Susanne weniger glauben dürfen, nur weil sie nicht bestraft werden wollte?
> Das kann ich nicht beurteilen, das ist Sache des Gerichts. Ich kann nur sagen, die Kinder müssen energisch vor Sexualverbrechern geschützt werden. Ich habe mich aber offengestanden gewundert, dass ich in diese Familie gerufen wurde. Akademiker erledigen diese Dinge im Allgemeinen selber. Wir widmen uns in erster Linie einfachen Leuten, die sich nicht selber helfen können. Da tun wir sehr viel Gutes. Wir werden ja auch nicht nur tätig, wenn eine Straftat begangen worden ist, sondern betätigen uns intensiv im Bereich der Vorbeugung und tun vieles mehr.
> Sie dürfen versichert sein, dass dies dem Gericht bekannt ist und Ihre Arbeit bei uns größte Wertschätzung genießt.

Die Richterin:
> Wir kommen jetzt zur Anhörung des Sachverständigen. Herr Professor Höher, in Ihrem schriftlichen Bericht bestätigen Sie das Ergebnis des Erstgutachters und fügen noch einige zusätzliche Argumente hinzu. Wir haben Sie auf Antrag der Verteidigung beauftragt, deren Einwand, kurz gesagt, dahingeht, Mädchen dieses Alters seien für ihre Lügereien in sexuellen Zusammenhängen berüchtigt. Man dürfe ihnen nicht glauben, und das gelte deshalb auch für Susanne.

> Also, Kinderaussagen über Sexualdelikte in Bausch und Bogen abzulehnen ist absurd. Das entspricht nicht nur meiner eigenen Erfahrung, sondern wird zum Beispiel überzeugend auch in den Untersuchungen von Kinsey 1953 und des Bundeskriminalamts von 1961 festgestellt. Nein, so einfach kann man sich das nicht machen.

Der Verteidiger:
> Darf ich Ihnen das Zitat aus einem Werk des international renommierten Kriminologen Professor Hans Groß verlesen, der im Blick auf Mädchen dieses Alters schreibt: »Die sexuellen Dinge sind vielleicht noch ganz oder zum Teil unverstanden, die Regung in diese Richtung ist aber vorhanden, und so entstehen die an sich harmlosen Träumereien von abenteuerlichen Erlebnissen, woraus aber Gefahr entsteht, wenn etwas Fantastik, mangelhafte Grundsätze und Neigung zur Lügenhaftigkeit bestehen.« Wollen Sie dieser Feststellung widersprechen?
> Keineswegs, das ist auch meine Meinung.
> Mit der Erlaubnis des Gerichts möchte ich dem Sachverständigen noch ein weiteres Zitat eines renommierten Wissenschaftlers vorhalten: »Welche Gefahr diese sexuellen Fantasien in sich bergen, zeigen die leider immer wieder vorkommenden Fälle, in denen Erwachsene von halbwüchsigen Mädchen unzüchtiger Handlungen beschuldigt werden. Psychologisch lassen sich diese Fälle nur so verständlich machen, dass die betreffenden Mädchen ihre Opfer so lange in ihre Tagträume einspinnen, bis die Grenze zwischen Traum und Wirklichkeit zu fließen beginnt.« Kann man es als gewissenhafter Mensch überhaupt noch verantworten, diesen Kindern in solchen Zusammenhängen ein einziges Wort zu glauben?

> Ja, das muss man sogar, will man sich nicht von vornherein der Feststellbarkeit und Bekämpfbarkeit einer real existierenden schweren Kriminalität berauben.
> Als erstem Hinweis, dem man nachgehen muss, gewiss, aber als tragfähigem Beweismittel? Ja, wenn die Erzählung des Mädchens zu klassischen Beweisen führt, Zeugen, Urkunden, Indizien, gar einem Geständnis, dann ist sie bedeutungsvoll, aber wenn nicht?
> Auch dann hat sie Gewicht, wenn nämlich die Sachverhaltsaufklärung die bei diesen Zeuginnen bekannte Unsicherheit berücksichtigt und die vielen Nebenumstände beachtet, die ich aufgezählt habe. Ich will mich nicht wiederholen. Sie bieten uns die Möglichkeit, den wirklichen Tathergang gerichtsverwertbar aufzuklären. Wenn man das in Bausch und Bogen ablehnen will, muss man das Zeugnisrecht jedes Tatopfers abschaffen und schließlich die Erfahrung ignorieren, dass gesicherte zahlreiche dieser Aussagen, auch diejenigen von Mädchen, absolut der Wahrheit entsprachen.

Die Richterin:
> Herr Verteidiger, Ihre Befragung läuft auf eine Rechtsfrage hinaus. Haben Sie noch Sachfragen an Professor Höher?
> Nein, nein, aber wenn man seine Ausführungen konsequent zu Ende denkt, kann einem ja Angst und Bange bei der Vorstellung werden, mit einem kleinen Mädchen in einem Raum allein zu sein.

Der Staatsanwalt:
> Herr Professor, hier ist sehr viel von den Mädchen und ihren Schwächen die Rede, wie steht es eigentlich mit den reifen Männern und ihren Neigungen?

> Ich darf auch in diesem Zusammenhang auf die Erhebungen von Kinsey 1953 verweisen, denen zu entnehmen ist, dass erwachsene Männer durchaus auch nach weiblichen Nichterwachsenen greifen. Das entspricht auch meinen Erkenntnissen.

Das Gericht schloss die Beweisaufnahme und erteilte Anklage und Verteidigung das Wort für ihre Plädoyers.

Der Staatsanwalt:
> Ich kann mich kurzfassen. Für mich ist die Sache klar. Gestützt vor allem durch die übereinstimmende Analyse zweier renommierter Gutachter. Wie man weiß, kommt so etwas ziemlich selten vor. Das Mädchen macht einen vorzüglichen Eindruck, hat nicht viel Aufhebens von seiner Geschichte gemacht, sie im Gegenteil kleingehalten und nur ihrer Mutter erzählt. Was den Lehrer angeht – na ja, er ist klug und angesehen, aber Sexualverhalten ist nun einmal nicht immer vom Verstand dirigiert. Und Lehrer-Schüler-Verhältnisse als Beginn solcher Vorkommnisse sind nicht ganz ungewöhnlich.
Zum Strafmaß ist im Sinne von § 176(1) StGB eine Milderung abzulehnen. Ich beantrage daher die Mindeststrafe gemäß der ersten Version des genannten Absatzes, nämlich eine Freiheitsstrafe von sechs Monaten. Eine Aussetzung zur Bewährung scheint angemessen, sie sollte zwei Jahre dauern.

Der Verteidiger:
> Auch ich kann mich kurzfassen. Es ist ja alles im Lauf des Verfahrens schon gesagt worden. Die Erfahrungssätze der Sachverständigen kann ich nicht wegreden, sie stimmen mir

im Prinzip ja auch zu, dass die Aussagen dieser Mädchen oftmals falsch sind. Nur ziehe ich andere Folgerungen daraus. Man muss ganz schwere Beweisanforderungen stellen, um den Mädchen trotzdem glauben zu können, sozusagen den Gegenbeweis erbringen. Das kann man mit allgemeinen Erwägungen nicht erreichen, wie etwa, das Mädchen ist glaubhaft, weil es ehrlich aussieht, oder, sie ist suggestiv nicht beeinflusst worden und so weiter. Hier können nur handfeste Beweise gelten, wie Tatzeugen, die zugesehen oder Hilferufe gehört oder derangierte Kleidung gesehen haben und ähnliches. Susanne ist für mich unglaubhaft. Die gegenteiligen Eindrücke auch der Mitarbeiterinnen des Kinderschutzbunds können nicht überzeugen. Sie sind, drücken wir es vorsichtig aus, zu vage. Ich will nicht in Zweifel ziehen, dass diese Vereinigung auch sehr viel Gutes tut. Bisweilen aber verlieren einige der ehrenamtlichen Mitarbeiter das Augenmaß. Da herrscht dann Gutmenschentum, quasi wie eine säkuläre Form einer pietistisch-abseitigen Frömmelei. Voll des Glaubens an das Gute im kleinen Mädchen, denkt man, unbeirrt von Fakten, das Gutgemeinte sei das Gute. Da kommt dann so ein Bekenntnis zustande wie dasjenige der Frau Gotthilf. Schauen wir uns im Gegenblick den gebildeten und honorigen Doktor Wißmann an. Er führt ein geradezu musterhaftes Familienleben. Sehen Sie ihm ins Gesicht. Strahlt er etwa weniger Glaubwürdigkeit aus?

Überdies, es wäre eine Beleidigung seiner Intelligenz und Willenskraft, anzunehmen, er hätte mit seiner Annäherung nicht noch sechs Wochen warten können. Dann wäre Susanne nämlich vierzehn Jahre alt geworden, und er hätte mit ihr ein vom Strafrecht völlig ungefährdetes Liebesverhältnis beginnen können. Er soll laut Anklage diese sechs Wochen Wartezeit nicht ertragen haben? Will man diesem klugen Mann eine so absurde Dummheit unterstellen? Mit alledem werden erhebliche vernünftige Zweifel an Susannes Aussage geradezu diktiert. Die vorgeworfene Straftat ist somit nicht erwiesen und Doktor Wißmann freizusprechen.

Das Gericht zog sich zur Beratung zurück. Nach einer Stunde erschien es wieder im Verhandlungsraum, erklärte die Öffentlichkeit des Verfahrens und verkündete im Namen des Volkes, wie das Gesetz es will, dieses Urteil:

Der Angeklagte Doktor Mathias Wißmann wird wegen Kindesmissbrauchs, § 176(1) StGB, zu einer Freiheitsstrafe von sechs Monaten verurteilt.

Das ganze Beiwerk, das sonst noch zu einem Strafurteil gehört, wurde ebenfalls verlesen, und natürlich, dass die Verurteilung sich auf den Vorfall vom 24. November 1963 zulasten der Susanne Kremm beziehe, die Vollstreckung des Urteils zur Bewährung ausgesetzt werde und Herr Wißmann die Kosten des Verfahrens zu tragen habe.

Die Richterin:
> Das Gericht eröffnet den wesentlichen Inhalt der Urteilsgründe durch mündliche Mitteilung folgendermaßen:
Ausgehend von dem unzweifelhaft stattgefundenen Beisammensein von Susanne und dem Angeklagten in seiner Wohnung, in der sie zur Tatzeit alleine waren, hatte das Gericht sich mit der Frage auseinanderzusetzen, wessen Darstellung des Tatgeschehens der Wahrheit entspricht, nämlich diejenige des Angeklagten oder die der Zeugin Susanne Kremm.

Sie widersprechen sich, schließen einander aus. Susanne behauptet, er habe sie an den Busen und die Vagina gefasst, der Angeklagte bestreitet dies und wirft ihr vor, sie habe sich ihm an den Hals geworfen und lüge jetzt aus Rache, weil er sie abgewiesen habe.

Das zentrale Problem der Beweiswürdigung ist die Glaubwürdigkeit der zur Tatzeit dreizehn und heute vierzehn Jahre alten Susanne. Sie ist in der Pubertät und gehört als Tatzeugin, zumal als Opfer, damit nach den Erfahrungen der Kriminologie zu den fragwürdigsten Erscheinungen in der gesamten Zeugenpsychologie. Das ist auch die Überzeugung des Gerichts. Insofern besteht ganz generell überhaupt kein Unterschied zur Auffassung der Verteidigung.

Daraus aber zu folgern, dass jede solcher Aussagen als falsch zu gelten habe, ist unbegründet. Unsinnig wäre es auch, aus der kriminologischen Erfahrung, dass auch reife Männer mitunter nach kleinen Mädchen greifen, zu folgern, dass dies im Zweifelsfall stets anzunehmen ist. Aus diesen Erfahrungen von Kriminologie und Psychologie kann nur eine Konsequenz gezogen werden: In jedem einzelnen Fall ist mit skeptischer Grundeinstellung und großer Sorgfalt nach dem Wahrheitsgehalt der Aussagen zu forschen. Das ist im vorliegenden Fall sowohl bei Gericht als auch vorher geschehen. Wir haben mit besonderer Aufmerksamkeit die typischen psychologischen Antriebsschübe in Betracht gezogen, welche die Mädchen zu ihren falschen Aussagen zu bewegen pflegen. Sie konnten durchweg bei Susanne nicht festgestellt werden.

Maßgebend ist dafür die zwar schwerwiegende aber zeitliche Kürze und Simplizität des Vorfalls und die fast an Verschwiegenheit grenzende Form, in der Susanne ihn berichtet hat. Mädchen, die ihre Tages- oder Nachtträume nicht mehr von der Wirklichkeit unterscheiden können, erzählen lange, zum Teil wüste Sexualgeschichten. Andere lügen bewusst und äußern durch öffentliche Redereien ihre Geltungssucht, bis hin zur Prahlerei. Sie wollen sich in der Sensation sonnen. Susanne hat sich dagegen, wie unstreitig ist, in aller Stille nur ihrer Mutter mit den ganz unsensationellen, über Sekunden gegangenen Manipulationen anvertraut. Aus welchem anderen Grund hätte sie das tun sollen, wenn nicht um mütterliche Hilfe in einer seelischen Bedrückung zu suchen, die aus einem wirklichen Geschehen resultierte?

Zutreffend ist von den Sachverständigen mit Sorgfalt auch die Frage der Suggestibilität behandelt worden. Es ist gerichtsbekannt, dass manche Kinder sich von ausschmückenden Fragestellungen beeinflussen lassen, um dann, von der Wahrheit abweichend, das Abgefragte als tatsächliches Geschehen darzustellen. Aber auch diese Verursachung einer Falschaussage kann bei Susanne ausgeschlossen werden. Ihre Darstellung war kurz und nicht von Affekten getrübt, so dass für Ausschmückungen kein Raum blieb, und die Darstellung ist immer dieselbe geblieben, die sie zum ersten Mal geäußert hat, und zwar gegenüber ihrer Mutter. Ein Umstand, der von Sachverständigen geradezu als Idealfall bezeichnet wurde. Frau Kremm hat als Zeugin dem Gericht überzeugend versichert, dass sie den Vorfall nicht aufgebauscht, sondern im Gegenteil herabgestuft habe.

Nicht zuletzt aber sind auch der persönliche Eindruck des Kindes und sein soziales Umfeld zu würdigen. Das Gericht stimmt hierin mit den Sachverständigen völlig überein, dass Susanne ein für sein Alter reifes, vernünftiges und anständiges Kind ist und von seinen Eltern aufmerksam zur Wahrheitsliebe erzogen wurde.

Man fragt sich vergeblich, welchen Grund sie gehabt haben sollte, die Unwahrheit zu sagen. Die Verteidigung behauptet aus Rache. Doch ein Kind, das Rache üben will, schreit seine Anschuldigung wutgetragen hinaus und verhält sich nicht still und zurückhaltend wie Susanne und betont nicht mehrfach, dass alles doch gar nicht so schlimm gewesen sei.

Überdies hält das Gericht es für ausgeschlossen, dass das Kind über ein ganzes Ermittlungsverfahren und die Hauptverhandlung vor Gericht die kriminelle Energie durchsteht, eine derartige Lügengeschichte aufrechtzuerhalten, deren dramatische Folge für den beschuldigten Lehrer auch ihm klar vor Augen stand.

Wir dürfen die Verteidigung in diesem Zusammenhang auf ein Zitat hinweisen, das in der besonders von ihr zitierten Untersuchung des Bundeskriminalamtes von 1961 enthalten ist: »Die Behauptung, die Beschuldigungen seien ein ›Racheakt‹, steht bezüglich der Häufigkeit, mit der sie vorgebracht wird, in einem geradezu grotesken Missverhältnis zu der außerordentlichen Seltenheit, mit der sie einmal zutrifft.« Auch von dem weiteren Einwand der Verteidigung ist das Gericht nicht überzeugt, der Angeklagte sei für eine derartige Handlungsweise zu intelligent und selbstbeherrscht. Gewiss hätte er sechs Wochen später straffrei intime Beziehungen mit Susanne aufnehmen können. Eine solche logische Überlegung wird dem Charakter der sexuellen Triebhandlung, die gerade weitgehend ohne wirksame Beteiligung rationaler und steuernder psychischer Funktion sich vollzieht, jedoch keineswegs gerecht. Die Kriminologie kennt dafür zahlreiche Beispiele. Aus allen diesen Gründen ist das Gericht zu der Überzeugung gelangt, dass der Angeklagte die ihm zur Last gelegte Tat begangen hat.

Bei der Strafzumessung war zu beachten, dass er nicht vorbestraft ist und ein geordnetes, geradezu musterhaftes bürgerliches Leben führt, und daher die vom Gesetz vorgesehene Mindeststrafe von sechs Monaten Haft für ausreichend erscheint. Ferner ist das Gericht im Blick auf die Persönlichkeit und die Lebensverhältnisse des Angeklagten überzeugt, dass er sich schon die Verurteilung zur Warnung dienen lassen und künftig auch ohne Einwirkung des Strafvollzugs keine Straftaten mehr begehen wird. Die Vollstreckung der Strafe war daher zur Bewährung auszusetzen. Die eingehende Urteilsbegründung erfolgt schriftlich.

Dann erfuhr Doktor Wißmann noch, auf welchen Gesetzesvorschriften die Kostenentscheidung beruht, und dass er gegen das Urteil innerhalb einer Woche Berufung einlegen kann. Dazu war er spontan entschlossen und mandatierte seinen Verteidiger. Der war über den Schuldspruch sichtlich empört und verneigte sich respektvoll zur Verabschiedung vor den Gerichtspersonen.

3

Das städtische Leben war dabei, sich allmählich zu normalisieren. Die lange Zeit der großen Ferien neigte sich ihrem Ende zu. Viele Familien waren bereits von ihren Reisen zurückgekehrt, gewöhnten sich wieder an die Häuslichkeit und bereiteten sich auf den Schulbeginn am 3. August 1964 vor.

Da brach eine schreckliche Nachricht in den sommerlichen Frieden ein: Der Studienrat Doktor Mathias Wißmann, am 15. Juni erst in einem Aufsehen erregenden Prozess vom Schöffengericht wegen sexuellen Missbrauchs einer Schülerin zu sechs Monaten Freiheitsstrafe verurteilt, habe Selbstmord begangen. Übereinstimmend berichteten Hörfunk und Fernsehen in den Abendnachrichten, der geübte Bergsteiger habe sich im Hochgebirge, in den Dolomiten, an einer für Bergwanderer eher ungefährlichen Stelle in die Tiefe gestürzt und sei auf der Stelle tot gewesen.

Die wildesten Gerüchte bahnten sich einen Weg in die Gemüter jener, die im Juni mit Erregung den Prozess verfolgt und mit gegenteiligen Meinungen kommentiert hatten. Der unschuldige Mann sei in den Tod getrieben worden, empörten sich die einen, oder nun habe er seine Schuld eingestanden, verziehen ihm die Rechthaber.

Seine Familie war von blankem Entsetzen erschüttert. Sie glaubte nicht an Selbstmord. Mathias war in der Vergangenheit fast jedes Jahr ein paar Tage allein zum Bergsteigen gefahren, hatte diesen Urlaub schon vor einem halben Jahr gebucht und sich auch diesmal unbändig auf das Bergerlebnis gefreut, ungeachtet der seelischen Belastung durch den Prozess, die er so niederdrückend nicht empfunden hatte, weil er mit seinem

Verteidiger der Überzeugung gewesen war, in der Berufung freigesprochen zu werden.

Erst am folgenden Morgen konnte sich Cordula nach etlichen Telefonaten Gewissheit verschaffen. Während die Morgenpresse noch in großer Aufmachung vom Selbstmord berichtete, erfuhr sie von der zuständigen Polizeistation die zweifelsfreie Darstellung des wirklichen Geschehens: Es war ein Unfall. Mathias war von einem schweren Steinschlag erfasst worden, der sich nach einem Regenguss gelöst hatte, und in die Tiefe geschleudert worden. Er war auf der Stelle tot.

Steinschläge, so die Polizei, seien an dieser Stelle und zu dieser Jahreszeit ungewöhnlich. Der Bergsteiger habe damit nicht rechnen müssen.

Am folgenden Tag berichteten alle Medien über den wirklichen Sachverhalt, und alle Spekulationen über die denkbaren Motive seines Selbstmordes waren der mitfühlenden Kondulation für die hinterbliebene Familie gewichen.

Und tags darauf publizierte die Lokalzeitung ein Interview mit dem Leitenden Oberstaatsanwalt zur rechtlichen Situation, wie sie sich jetzt, nach dem Ableben von Doktor Wißmann, darstelle.

LZ: Herr Oberstaatsanwalt, durch seinen tragischen Tod ist Herr Doktor Wißmann daran gehindert worden, seine Schuldlosigkeit im Berufungsverfahren zu beweisen. Er nimmt seinen Schuldspruch nun mit ins Grab.

Oberstaatsanwalt: Das ist unrichtig. Der Tod eines Angeklagten beendet automatisch das gegen ihn laufende Strafverfahren. Zum Zeitpunkt seines Todes war das gegen Doktor Wißmann erlassene Urteil noch nicht rechtskräftig, da er fristgerecht Berufung eingelegt hatte. Aber nur rechtskräftige Schuldsprüche haben nach unserer Rechtsordnung Gültigkeit.

Es gibt also keinen Schuldspruch, den er mit ins Grab nehmen könnte.

LZ: Würden Sie unseren Lesern erläutern, was Rechtskraft bedeutet. Doktor Wißmann ist doch von einem ordentlichen Gericht nach einem umfangreichen Verfahren verurteilt worden?

Oberstaatsanwalt: Das Urteil eines Schöffengerichts gilt erst, wenn die Berufungsfrist ungenutzt verstrichen ist oder das Berufungsgericht es bestätigt. Beide Voraussetzungen liegen hier nicht vor.

LZ: Warum so kompliziert?

Oberstaatsanwalt: Das ist der rechtsstaatliche Schutz des Bürgers vor fehlerhafter Justiz, soweit das menschenmöglich ist. Wenn der Angeklagte es so will, muss ein zweites Gericht den Vorwurf erneut überprüfen. Dabei wird alles noch einmal aufgerollt. Erst dann erhalten wir eine Entscheidungsreife, die der Rechtsstaat als ausreichend anerkennt, um einen Bürger verurteilen oder freisprechen zu dürfen.

LZ: Das heißt also, Doktor Wißmann ist juristisch gar nicht verurteilt worden?

Oberstaatsanwalt: Exakt, denn vor Eintritt der Rechtskraft ist das Verfahren, wie gesagt, durch seinen Tod beendet worden.

LZ: Er gilt also nicht als vorbestraft?

Oberstaatsanwalt: Nein, wobei sich dieser Begriff natürlich nur auf Lebende bezieht.

LZ: Aber die ganze Stadt weiß doch, dass er tatsächlich verurteilt worden ist nach einem gründlichen Prozessverfahren. Sein Ansehen ist schwer beschädigt. Er hätte in der Berufung die Chance gehabt, es wieder herzustellen. Welche Möglichkeiten bestehen jetzt, nach seinem Ableben, seine Schuldlosigkeit festzustellen?

Oberstaatsanwalt: Keine, es existiert kein Schuldspruch, also kann er auch nicht aufgehoben werden.

LZ: In der Meinung weiter Bevölkerungskreise existiert er aber sehr wohl. Unsere Rechtsordnung schützt doch das Ansehen Verstorbener, ist denn hier wirklich nichts zu machen?

Oberstaatsanwalt: Sie denken an die Strafvorschrift von § 189 des Strafgesetzbuches, Verunglimpfung des Andenkens Verstorbener. Der Paragraf ist eng gefasst, beschränkt sich auf Beleidigung, üble Nachrede und Verleumdung. Das wollen Sie doch nicht im Ernst von einem Urteil des Schöffengerichts behaupten?

LZ: Das ist sehr unbefriedigend, er hätte freigesprochen werden können.

Oberstaatsanwalt: Bedenken Sie, dass unsere Rechtsordnung ihm nach seinem Tod noch einen sehr weitgehenden Schutz gewährt: Er hätte nämlich auch verurteilt werden können, was er jetzt nicht ist.

LZ: Trotz alledem, seine Familie wird damit zu leben haben, dass er im Gedächtnis vieler Menschen ein verurteilter Straftäter ist. Wer denkt schon an so ein theoretisches Kunstgebilde wie Rechtskraft. Stellen wir uns vor, er wäre freigesprochen worden und der Staatsanwalt hätte Berufung eingelegt. Dann hätten wir ebenfalls kein rechtskräftiges Urteil gehabt. Die Folge in der Überzeugung der Menschen wäre aber eine ganz andere gewesen, nämlich ein erwiesenermaßen schuldloser Doktor Wißmann.

Oberstaatsanwalt: Hier sind die Grenzen der Strafjustiz. Wir können keine Verfahren gegen Tote führen.

Dritter Teil

1

Das von der tiefen Trauer über den frühen Tod ihrer geliebten Susanne getragene Gespräch zwischen Günther und Martin Kremm riss Narben der seelischen Wunden auf, die ihnen und den Eltern – und vor allem der kleinen Schwester – vor dreieinhalb Jahrzehnten mit Schmerzen zugefügt worden waren. Günther zögerte noch, zu der weggelegten grünen Kladde zu greifen. »Machen wir jetzt alles richtig? Helfen können wir ihr doch nicht mehr. Unser ehrendes Andenken ist nicht mehr zu steigern. Wozu auch? Gewiss, ja, wir lieben sie als unsere Schwester. Das überlagert alles. Aber wir bewundern auch ihre Lebensleistung. Nicht nur dies, gestehen wir uns das offen ein, wir sind stolz auf sie, und dabei schwingt eine gewichtige Menge Eitelkeit mit. Unsere Schwester, mit drei Ausrufezeichen!«

»Wir bleiben mit unseren Gedanken ja unter uns. Eitel sind wir jetzt nicht. Aber neben unserer Liebe treibt uns sicher auch ein Schuss Neugier.«

»Ich finde das ganz normal. Machen wir uns nicht so viele Gedanken. Es war die Jahrzehnte dauernde Geheimnistuerei, die unseren Wissensdurst zusätzlich aufgebaut hat. Vielleicht steckt gar nicht so viel dahinter, eine Banalität.«

Günther wehrte entschieden ab: »Nein, nein, dann wäre sie ein ganz anderer Mensch gewesen als die Schwester, die in unseren Herzen wohnt, als die Persönlichkeit, die unsere intellektuellen und moralischen Ansprüche bis zur Verneigung erfüllt hat.«

»Kommen wir doch einfach zur Sache, dieses dünne grüne Heftchen wird unsere Fragen beantworten, so oder so.«

Doch Günther hielt sich noch zurück. Seine eigene Erinnerung an bestimmte Einzelheiten war ihm nicht deutlich genug, er wollte erst versuchen, sie mit dem Bruder abzuklären, bevor er sich den unwiderruflichen Aussagen des alten grünen Dokuments auslieferte: »Wie war das doch, über den Prozessverlauf erfuhren wir nichts, die Öffentlichkeit war ausgeschlossen. Bis heute wissen wir nichts darüber. Auch nichts Genaues von der Urteilsbegründung. In der Zeitung hat nur wenig gestanden.«

»Ja, ja, sogar ein Sachverständiger wurde vernommen, zur Glaubwürdigkeit unserer Susanne.«

»Richtig! Papa hat sich furchtbar aufgeregt, dass der Kerl einfach alles abgestritten und Susanne noch verleumdet hat, sie hätte sich ihm an den Hals geworfen.«

»Dieses unschuldige und saubere Mädchen.«

Günther musste seine Erregung dämpfen: »Wir sind doch auch Männer, waren auch mal in den Vierzigern. Wie kann man nur so tief sinken, nach einer Dreizehnjährigen zu greifen, die noch gar nicht wissen kann, worum es geht?«

»Das passt zu der Kaltschnäuzigkeit, mit der er im Prozess alles umgedreht und sein Opfer belastet hat.«

»Er hat ihr einen Racheakt unterstellt, unglaublich!«

»Und dafür musste ein Riesenprozess aufgezogen werden, über zwei Tage, mit einem Sachverständigen ...«

»Ich glaube, es waren sogar zwei. Ein Professor war auch darunter. Und viele Zeugen. Was das wohl gekostet hat.«

»Und einen Staranwalt hatte er sich auch genommen.«

»Papa war ungehalten über das Riesentheater um so eine klare Sache, kurzen Prozess hätte man mit ihm machen sollen.«

»Ja, ja, dann hat er sich aber sozusagen ›in sein Schicksal

gefügt‹ und geseufzt, das seien eben die Kehrseiten des Rechtsstaats, lieber neunundneunzig Schuldige freisprechen als einen Unschuldigen verurteilen.«

»Aber die ganze schäbige Gegenwehr hat dem Kerl nichts genützt, auch Papa atmete auf, die Rechtsordnung habe ihre Autorität gewahrt, sagte er, und dieser unmögliche Mensch habe seine gerechte Strafe erhalten.«

Günther hatte schon nach der Kladde gegriffen, um sie aufzuschlagen, legte sie aber spontan wieder zurück: »Das ist so nicht ganz richtig, erinnere dich, der Schuldspruch blieb nur eine halbe Sache. Er wurde nicht rechtskräftig, wie in den Zeitungen stand, weil der Wißmann vorher einen tödlichen Unfall hatte.«

»Ja, mir dämmert es, er war irgendwo abgestürzt, und plötzlich hatten alle Mitleid mit ihm und seiner Familie. Und das Urteil war damit null und nichtig.«

»Aber die meisten Leute glaubten doch daran. Unsere Eltern haben jedenfalls noch lange darüber geredet und von anderen Ähnliches gehört.«

Nachdenklich schoben sich die Brüder mit unsicheren Handbewegungen gegenseitig das grüne Dokument zu – mit der unausgesprochenen Bitte, der andere möge den ersten Zugriff tun.

»Was auch immer in dem Büchlein steht«, Günther raffte sich auf, »seine Öffnung heute durch uns ist ein erregendes Ereignis in unserer Familiengeschichte, besonders natürlich in der unserer lieben, damals noch so kleinen Susanne.«

Gelassen wollte er sein, doch Günther konnte ein leichtes Zittern seiner Hände nicht beherrschen, als er die Seite aufschlug, auf der Susanne ihre schlechten Leistungen in Mathematik, ja, und ihre ersten Frauenschmerzen schildert. Er las laut vor.

63

3. V. 1963
Mama lacht. Zeige ihr meine ersten Härchen, dunkel. Hüften etwas breiter. Wo bleibt mein Busen? Carla schon viel weiter.
8. V.
Specht (Mathe) in der Pause: Ich soll mehr arbeiten. Aber was? Kapier das einfach nicht.
3. VI.
Mama lacht, Schmerzen im Unterleib, hab schon darauf gewartet, blutet auch ein bisschen. Ich soll nicht jammern, sagt Mama, ist ganz natürlicher Vorgang. Ja, ja! Zeigt mir, wie Hygiene geht.
10. VI.
In Mathe 5 geschrieben. Wie soll das nur weitergehen. Specht sagt, meine Lücken werden immer größer. Muss bestimmt was tun. Mit Papa reden.
21. VI.
Mama lacht wieder. Ist aber lieb. Ob ich jetzt eine Frau bin, hab ich sie gefragt.
26. VI.
Papa ist einverstanden. Ein Lehrer von einem anderen Gymnasium, Specht macht das nicht. Papa wird das organisieren, nächstes Schuljahr.
2. VII.
Wunderbares Zeugnis. Versetzt! Lauter Einsen und Zweien, aber dann der Klops! Mathe Fünf. Toll aber auch, in Religion habe ich meine Zwei zurück. Ferien, Ferien, Ferien!
10. VIII.
Nur noch zwei Tage, dann wieder Schule. Mathelehrer vom anderen Gymnasium wird mir helfen. Ich muss nachmittags in seine Wohnung. Ist nicht so weit, mit dem Fahrrad 10 Minuten.
20. VIII.
In der neuen Klasse sind einige freche Jungs, Zöpfe ziehen, Rock hochheben, widerlich. Drei Klassen über uns ein toller Locken-

kopf, schwarz, groß. Carla hat sich verknallt, aber mich hat er gestern angeguckt. Carla sauer. Ob man mit dem mal was anfangen könnte? Wenn ich nur wüsste, wie ich auf ihn wirke! So mit allem, Busen, Popo. Morgen erste Mathestunde mit Wißmann, so heißt er.

Dann fühlte Günther sich leicht verunsichert. Er stieß auf Susannes erste Begegnung mit dem Mathematiklehrer. »Nun ja, dummes kleines Mädchen, das wird sich gleich wieder legen.«

21. VIII.
Mir bleibt die Luft weg. Das soll ein Mathelehrer sein? Sieht aus wie Stewart Granger. Habe nichts behalten, was er gesagt hat. Dreimal in der Woche. Übermorgen wieder. Werde mich schick machen. Lippen anmalen? Lieber doch nicht.

»Na also! Jetzt beginnt der Unterricht, der war ja wohl sehr gut.«

23. VIII.
Er hat mich hübsch bei den Ohren genommen. Ich konnte nichts. Habe wieder nicht aufgepasst. Wahnsinnig aufgeregt.
26. VIII.
Er schüttelt den Kopf. So wird das nichts. Ich muss die schriftlichen Aufgaben machen. Warum guckt er mich nur so an? Ist er mir böse oder ...? Ich reiße mich jetzt zusammen. Er muss mir gut sein.
29. VIII.
Er hat mir heute Mut gemacht. Einiges habe ich richtig gemacht. Ob er mich mag?
10. IX.
Er sagt, ich soll mir nichts draus machen. Wieder eine 5 in

Mathe. So schnell geht das nicht. Strenge mich wahnsinnig an. Merkt er denn nichts? Ich lerne nur für ihn.
12. IX.
In Deutsch eine 3, auch in Geschichte. In Mathe mündlich besser. Kapiere einiges, melde mich.

»Aber ein bisschen spinnt sie immer noch. Er hat sie als Persönlichkeit offenbar stark beeindruckt. Naives Ding!«

15. IX.
Er beachtet mich nicht. Mein Busen ist schon viel voller. Mit wem kann ich reden? Lieber nicht. Denke nur noch an Mathias. Mathias heißt er mit Vornamen. Ein wunderbarer Name.

»Allmählich schwindet mir das Verständnis. Seit Wochen schreibt sie nur noch von dem Mann, kaum etwas von Mathematik. Martin, lies Du weiter. Vielleicht kommt dann etwas Besseres.«
»Das Dummerchen hat noch geschwärmt. Nimm das doch nicht so ernst. Gleich haben wir Mathematik. Also weiter.«

21.IX.
Mama ganz lieb. Meine Regel ist nun da. Jetzt beginnt der Ernst des Lebens, sagt sie, lächelt aber dabei. In der Schule werde ich klar schlechter, bin aber immer noch ganz ordentlich.
28. IX.
Mathias, Mathias, ja, ich bin verliebt, ich bin ja so verliebt. Wenigstens ein bisschen Zärtlichkeit, nur ein bisschen, und dann sieht man weiter. Mir ist alles egal, wenn er nur ...

Günther schoss aus seinem Sessel hoch: »Lege die Kladde weg. Wir müssen beraten. Die Geschichte wird vermutlich so verlaufen, wie Susanne sie geschildert hat. Aber wenn nicht? Wollen

wir das in Kauf nehmen? Oder wäre es besser für alle, auch für Susannes Andenken, wenn wir jetzt die Bücher verbrennen und mit der Ungewissheit weiterleben, die uns ja auch den Glauben an das gute Ende belässt?«
»Beruhige dich und setz dich wieder in ihren Sessel. Wir sollten ein Glas Wein trinken.«
»Den gibt es hier nicht.«
»Auch eine Hinterlassenschaft unserer Schwester.« Martin rührte die Kladde nicht an, die er zugeklappt auf den Tisch gelegt hatte. Jetzt drängte es beide Brüder von ihren Sitzen. Sie wussten, was unabwendbar auf sie zukam: Gutes, Schlechtes oder Ungewisses. Aber sicher wählen konnten sie nur das Ungewisse, indem sie die Bücher vernichteten. Bei Gut oder Schlecht setzten sie sich dem Zufall aus, wenn sie das Tagebuch weiterlasen. »Wenn Susanne doch noch da wäre, sie würde uns bei der Entscheidung helfen.«
Günther schüttelte den Kopf: »Sie hat die Entscheidung getroffen, sie wollte nicht, dass wir lesen.«
»Dass wir im Ungewissen bleiben?«
»Nein, dass wir an das Gute glauben.«
»Das können wir jetzt nicht mehr, nachdem wir den bisherigen Hergang gelesen haben.«
»Daran sind wir selber schuld, da wir ihren Letzten Willen missachtet haben.«
»Schicksal. Wir sind jetzt konsequent und gehen diesen Weg einfach weiter, nachdem wir uns mutwillig um die Gewissheit gebracht haben, Susanne habe die reine Wahrheit gesagt.«
»So weit sind wir noch nicht. Vielleicht geht alles doch noch gut. Lesen wir also weiter.« Martin nahm die Kladde.

3. X.
Mathias hat mich heute gelobt. Ich bin für Mathe ganz normal

begabt, muss nur meine Kenntnisse vervollständigen. *Sonst nichts! Kein Wort, kein Blick, nur immer Mathe. Was soll ich nur machen? Das enge Röckchen anziehen vom vorigen Jahr? Carla hat sich neulich ihr Röckchen gekürzt. War wohl ganz gut. Sie ist in Gregor verknallt, den Schwarzgelockten.*
10. X.
Er hat mir gesagt, ich soll mich nicht so leicht anziehen, wird schon kalt draußen. In Mathe eine 4. Der Durchbruch? Aber sonst bin ich schwächer. Was ist nur mit Mathias? Habe ihn so lieb angeguckt, aber er hat nur auf das Heft gezeigt. Ich soll mich konzentrieren.
11. X.
Wenn ich nur jemand fragen könnte! Aber das geht nicht. Soll ich meine Träume von der Nacht weitererzählen? Um Himmels willen! Diese Geilheit, von ihm ausgezogen zu werden, splitternackt, die Gier, von ihm genommen zu werden, unter ihm zu liegen, was soll ich nur sagen? Und wie wird es in Wirklichkeit sein? Soll doch wehtun anfangs. Mein Gott, was ich träume! Muss ich mich jetzt schämen?
25. X.
Mathias, Mathias, er hat mir eine Blume geschenkt. Zur Belohnung für meine Leistung, sagt er. Fängt es jetzt an? Ich bin ihm um den Hals gefallen. Er war ganz erschrocken, oder tut er nur so? Er hat meine Arme sanft runtergedrückt, dann hat er gelacht. Hier wird Mathe gelernt, sonst nichts. Hier? Woanders vielleicht Anderes?

»Hast du noch Hoffnung?«
»Ein wenig. Der Wißmann könnte ja doch noch gegen ihren Willen zugegriffen haben. Ich lese jetzt weiter.« Günther wirkte entschlossen.

28. X.
Carla erzählt von Gregor. Sie sind so weit. Also richtig wohl noch nicht. Aber er zieht ihr die Bluse aus und küsst ihre Brüste und dann streichelt er ihre Muschi. Das Höschen ist dann runtergezogen. Es ist himmlisch. – In Deutsch eine 4, lauter Flüchtigkeitsfehler. Papi schimpft. Ich muss mich zusammenreißen.
30. X.
Lasse heute Mathematikstunde bei M. ausfallen. Habe meine Regel. Gehe spazieren. Es tut weh und ich bin traurig, allein.
8. XI.
Ich wollte heute aufs Ganze gehen. Aber dann hat mich der Mut verlassen. M. war so amtlich, wie in der Schule. Warum hat er mir die Blume geschenkt? Hatte mir engen Pullover angezogen. Mein Busen kann sich jetzt schon sehen lassen. Schau ihn mir jeden Morgen im Spiegel an, von allen Seiten.
14. XI.
Werde ihm morgen meine Liebe gestehen, es gibt kein Zurück mehr. Ich sterbe vor Sehnsucht. Wir müssen uns irgendwo treffen, wo wir ungestört sind, vielleicht gleich nach der Stunde. Er hat ja ein Auto.
18. XI.
Wieder hat mich der Mut verlassen. Ich war heute gut in Mathe, er hat mich sehr gelobt. Wenn er mich doch liebte, ich würde gern auf alles Lob verzichten. Mama fragt, ob ich etwas habe. Können Mütter so was ahnen? Bin in der Schule wieder etwas besser.

Zornig knallte Günther das Heftchen auf den Tisch: »Lass jede Hoffnung fahren, sie rennt auf die Katastrophe zu, sie hat uns belogen, ein Leben lang.«
»Verlieren wir jetzt nicht die Fassung. Gelogen hat sie damals, über die Jahrzehnte hat sie geschwiegen.«

»Die Wahrheit verschwiegen, ja.«
»Musste sie denn reden? Wer weiß, was alles hinter dem Schweigen stand?«
»Für mich ein Abgrund. Fügen wir uns in das Unvermeidliche, schauen wir jetzt der letzten ordinären Wahrheit ins Auge. Dieses scheußliche Grün der Kladde hat mich von Anfang an abgestoßen, jetzt sehe ich es wie eine Packung Giftpillen.«
»Beruhige dich, wir werden wieder Distanz gewinnen. Ich lese weiter.«

21. XI.
Habe Mathias gestern gefragt, ob ich ihn was fragen darf. Wann für junge Mädchen normal das Liebesleben beginnt. Er hat mich angestarrt, dann sehr lieb gelächelt, wie Papi. Ich soll mich vertrauensvoll an meine Mutter wenden, die weiß das besser als jeder andere. – Wieder daneben. Ich gebe nicht auf. Beim nächsten Mal. Ich bebe.

Martin schüttelte den Kopf: »Immer noch nichts! Aber gleich wird die Tragödie perfekt sein, in ihrer Unschuld hat sie selbst ihre Leidenschaft genährt.«

25. XI. Nach Mitternacht
Oh, mein Gott. Ich schäme mich ja so. Musste er mich so beschämen, mich so wegstoßen, so erniedrigen. Ich wollte nur reine Liebe. Könnte ich doch diese Stunde ungeschehen machen. Jetzt stürzt alles ein. Ich darf ihn nicht mehr sehen. Er gibt mir keine Stunden mehr.

Günther presste kurz die Hände vor das Gesicht und blickte dann ins Leere, als nähme er nichts mehr wahr. Der Germanist in ihm suchte nach dramatischen Vorbildern, die alles verrücken und versperren, was die menschliche Ordnung verborgen hält, und schien in die Tiefe hinunter zu sprechen: »Der Kontrapunkt in unserer Jugenderinnerung. Sie wird in ihr Gegenteil verkehrt. Der arme Mann, er hat die Wahrheit gesagt und wurde in die Kriminalität gestoßen. Die Lügnerin des Dramas war unsere Lichtgestalt, der Stolz der Familie.«

»Aus unserem Stolz wird Scham. So ein kleines Biest.«

»Nimm das zurück.«

»Ich nehme es zurück, doch vorher wiederhole ich es: so ein Biest.«

Martin überließ dem Älteren die nächsten Denkvorgaben und nickte nur stumm, als der mit mühsam zurückgehaltenen Tränen das Szenario beenden wollte. »Machen wir Schluss für heute. Ich will es nicht mehr ertragen und ich kann es auch nicht. Treffen wir uns morgen Abend bei mir. Ich nehme die Bücher mit.«

»Ja, einverstanden. Aber eine Bitte: Du solltest, wenn ich komme, keinen Wissensvorsprung vor mir haben. Schau also nicht in die Bücher. Ich will, dass wir gemeinsam die spontanen Reaktionen erleben. Die Sache ist noch nicht zu Ende.«

Günther sicherte ihm die Gemeinsamkeit zu, und sie verließen die ihnen fremd und abweisend gewordene Wohnung.

Mit einer Spur von Übernächtigung in den Gesichtern ließen sich die Brüder am folgenden Abend vor dem Kamin in Günthers Arbeitszimmer nieder. Diesmal stand eine Flasche Wein auf dem Tisch, neben dem grünen Unglücksbringer. Günthers erster Griff galt der Flasche. Aber auch nachdem sich beide an einem kräftigen Zug des schweren Burgunders gelabt hatten, rührten sie das Grüne nicht an. Günther wollte einen Prolog. Das Gestrige verarbeiten und das Heutige vorbereiten. »Wir haben einen schweren Schlag erhalten. Machen wir uns nichts vor. Zwar wissen wir noch nicht alles: von den Hintergründen und dem weiteren Geschehen. Aber die schon jetzt bekannten Fakten schaffen ein dramatisch verändertes Bild von unserer Schwester. Falsche Aussage vor Gericht und Verleumdung sind in unserem Rechts- und Moralsystem ein genau umschriebenes Phänomen. Sie sind Missetaten, wenn auch von einer Dreizehn- bis Vierzehnjährigen begangen. Die Täuschung der Familie, ein Leben lang aufrechterhalten, ist ein Weiteres. Sie stellt im Nachhinein das unverbrüchliche, glückliche Vertrauen unter allen Familienmitgliedern als einen krassen Irrtum bloß. Schwerer konnte sie uns nicht treffen, enttäuschen und demütigen.

Dabei ist die liebestolle Schwärmerei des kleinen Mädchens noch das Geringste. Du meine Güte, niemand hätte ihr den Kopf abgerissen. Unsere Mutter hätte ihr liebevoll erklärt, sie habe sich verirrt, und hätte sie wieder auf den Weg gebracht. Und der Wißmann wollte die Sache ja ohnehin totschweigen.«

»War die Familie zu streng, war sie schuld, dass ein Kind die Hilfe nicht zu holen wagte, die es brauchte?« Martin versuchte, dem Druck der Gedanken seines Bruders auszuweichen.

»Das ist schnell gesagt und sehr modern. Aber nehmen wir es vorerst so an, zumal die Hauptverantwortlichen, unsere Eltern, ebenfalls nicht mehr am Leben sind. Tote ertragen viel Kritik.« Günther griff zur Kladde: »Ich fürchte, wir werden noch manches zu verarbeiten haben.«

25. XI. Drei Uhr früh
Ich kann nicht schlafen. Furchtbar, wie sehe ich nur im Spiegel aus, verheult, verquollen. Ob er wirklich alles meinen Eltern erzählt? Oh, Mathias, wie konnte ich mich in diesen unmensch-

lichen Kerl verlieben, der mich so beleidigt. Wie kann ich ihn das büßen lassen? Ich muss Mama sagen, dass die Stunden beendet sind, bevor M. was sagt. Und weshalb! Ich kann ihr die Wahrheit nicht sagen. Es war ja keiner dabei, ich sage es einfach umgekehrt. Ja, ja, ich sage es umgekehrt. Und dass ich deshalb mit den Stunden aufhören muss.

»Das arme Ding hat furchtbar gelitten.« Martin sprach mit dem Herzen, Günther benutzte den Verstand: »Die Illusion der kristallklaren Hilflosigkeit können wir begraben. Sie greift zur Bosheit, will ihn büßen lassen. Wofür? Weil er sie tief verletzt hat, abgewiesene Liebe einer Frau. Deshalb verleumdet sie ihn. Und wie raffiniert: ›Es war ja niemand dabei.‹«

»Ob sie weiß, was sie damit in Gang setzt?« Martin griff nach jedem Strohhalm und las weiter:

26. XI. Spät abends
Ein furchtbarer Tag. Mein Gott, ich habe Mama gleich morgens alles gesagt, und dass ich krank bin. Sah auch so aus. Sie war entsetzt. Was er denn mit mir gemacht hat? Was sollte ich sagen? Was Carla mir erzählt hat, das mit den Händen. Wo denn? Ja, an den Brüsten. Und weiter? Ja, schon etwas an der Muschi. Alles in dem Zimmer in seiner Wohnung? Ja, es war ja nur kurz. –
Ob ich mich denn gewehrt hätte? Ja, eben deshalb war es ja kurz. Ob er etwas gesagt hätte? Ja, dass er mich liebt und dass ich reif wäre für die Liebe und wir uns heimlich treffen können.
Mein Gott, hab ich geschwindelt. Alles, was mir Carla so erzählt hat. Und jetzt denke ich, wird Papi ihm einen bösen Brief schreiben und ihm klar machen, dass sich das nicht gehört und dass er sich schämen soll. Und das ist meine Rache. Wie konnte er mich nur so beleidigen. Ich habe ihn doch so geliebt. Mama wird erst morgen mit Papa sprechen.

27. XI.
Ich bin wieder krank zu Hause geblieben. Ein schlimmer Tag. Mathias hat vormittags angerufen und gesagt, ich bin in Mathe jetzt so stark, dass ich allein weitermachen kann, deshalb brauchen wir keine Stunden mehr. Er will es also vertuschen, hat Mama gesagt.
Habe meinen Papi noch nie so aufgeregt gesehen, nachdem Mama ihm meine Geschichte erzählt hat. Sein Gesicht war ganz grau und dann wütend. »Stimmt das, stimmt das?«, hat er immer wieder gefragt. War sehr laut dabei. Das kann ich wirklich nicht verstehen. So viel Theater wegen so ein bisschen Fummeln. Ja, schämen muss er sich schon. Das gehört sich nicht und das ist meine Rache, die hat er verdient. Abends kam Mama noch mal in mein Zimmer. Wollte alles genau wissen. Ob er mir denn das Höschen runtergezogen hat. Da musste ich wohl ja sagen, wie soll das sonst gehen? Ob er seine Hose aufgemacht hat? Nein, nein! Bin ich erschrocken, was soll das alles?

»Was habe ich gesagt!« Martins Stimme wurde heller. »Die hat gar nicht gewusst, welche Folgen ihre Lügerei haben würde, hat Polizei und Gericht also nicht im Sinn gehabt.«
»Aber Rache und die feste Absicht, das Lügen fortzusetzen.« Günther las weiter.

28. XI.
Mama sagt, morgen kommt eine Frau vom Kinderschutzbund. Was will die hier? Bin in der Schule zerstreut. Gut geht es mir nicht.
29. XI.
Das ist vielleicht eine Ziege. Wie die an mir rumgetätschelt hat. Ich muss jetzt ganz tapfer sein, keine Angst haben, sagt sie. Es wird alles wieder gut. Ich muss fest bei der Wahrheit bleiben, kein

Mitleid mit dem Unhold haben. Was ist ein Unhold? Ein böser Mann, sagt sie, der rücksichtslos über kleine Mädchen herfällt. Ob ich schon mit Jungs rumgespielt hätte, also so mit Anfassen zwischen den Beinen? Widerlich diese Tante, nein, habe ich natürlich nicht. Und dann: ob ich noch Jungfrau sei? Ich bin empört rausgelaufen. Ja, ich bin Jungfrau. Dann ist sie säuselnd weggegangen, um diesen Sittenstrolch unschädlich zu machen und seine Bestrafung herbeizuführen. Was denn für eine Bestrafung? Die spinnen doch alle!

»Ab jetzt bewegt sich die Geschichte in einer anderen Dimension. Bisher war sie im Familienkreis, jetzt wird sie offiziell, gerät in die Mechanismen von Anzeige, Ermittlung, Anklage und Gerichtsverfahren. Das hat unser Mädchen mit Sicherheit nicht gewusst und gewollt. Wie sie in den folgenden Wochen und Monaten bis zum Prozess im Einzelnen damit umgehen wird, wissen wir zwar noch nicht, das Ende aber kennen wir: Sie hat weiter gelogen.« Günther konnte sich dem Diktat seiner klaren Gedankenführung nicht entziehen. Martin aber wollte seine kleine Schwester immer noch mit Liebe umsorgen: »Die Dinge, die jetzt auf sie eingestürmt sind, müssen sie doch fast erdrückt haben. Lass mich weiterlesen. Mir ist fast so, als müsste ich sie jetzt an der Hand nehmen.«

5. XII.
Morgen ist Nikolaus. Mami und Papi bereiten den Tag vor wie immer. Pfefferkuchen, Kerzen, ein bisschen Punsch. Singen wollen wir wie immer.
Aber alles ist anders. Günther und Martin gucken mich schweigend mit großen Augen an. Was wollt ihr denn von mir?! Papi macht auch nur ein ernstes Gesicht. Wenn Mami mir zulächelt ist das Krampf.

Mir ist, als wanke der Boden, bald fällt mir die Decke auf den Kopf. In der Schule wissen sie noch nichts. Da ist noch alles in Ordnung, wie immer.
Die letzten Tage haben mein Leben in ein anderes verkehrt. Ich musste mit Mami zur Polizei. Mami war einverstanden gewesen, dass die Ziege vom Kinderschutzbund Anzeige erstattet. Um Himmels willen, warum denn nur? Ich hab doch nicht gesagt, dass er mich vergewaltigt hat, sondern nur ein bisschen befummelt. Dafür die Polizei?
Die Polizeifrau, nicht in Uniform, war sehr freundlich, hat Mama gefragt, ob sie mit mir allein reden darf. Und dann wollte sie alles noch mal genau wissen, wie die Ziege. Ob er mit der rechten Hand oder mit der linken, ob er mit den Fingern eingedrungen sei. Nein, nein, ist er nicht. Wie wir am Tisch gesessen hätten, nebeneinander oder gegenüber? Nebeneinander, und er hat mit der rechten Hand. Ich werde noch verrückt von der Schwindelei.
Warum fragen Sie das, Frau Polizistin? Er hat doch sein Fett weg. Und Papi schreibt einen bösen Brief. Es ist anders. Sagt sie. Es ist eine schwere Straftat, kann mit einer langjährigen Freiheitsstrafe bestraft werden. Ich zittere vor Angst. Du musst die Wahrheit sagen, dann wurde sie ganz ernst. Wenn es stimmt, was Du sagst, musst Du dabei bleiben. Wenn aber nicht, musst Du das jetzt gestehen.
Lieber Gott, hilf mir, ich kann doch jetzt nicht sagen, dass alles Schwindel war. Wie stehe ich da, vor meinen lieben Eltern, meinen Brüdern. Er hat mich ja auch übel gekränkt und einiges verdient. Es wird schon nicht so schlimm werden. Also bleibe ich dabei. Ja, Frau Polizistin, das ist die Wahrheit.
Es wurde immer schlimmer. Ob ich schon mit Jungs geschlafen hätte? Nein, also noch Jungfrau? Ja, was soll das? Sie müsste mich zum Gymnologen (?) schicken. Der muss das bestäti-

gen. Großer Gott, wo komme ich hin! Das wollte ich doch alles nicht.

»Man möchte sie zurückreißen und ihr zurufen, geh zu deiner Mutter und erzähle ihr die Wahrheit.« Martin kämpfte mit den Tränen.

»Sie wird weitergehen in Richtung Abgrund. Sieh aber klar, sie spricht nicht von Angst vor den Eltern oder Beklemmung.«

»Da ist aber Respekt vor deren Moralanspruch, auch vor unserem.«

»Jedenfalls wie sie ihn gesehen hat. Ich sehe auch deshalb noch keine Mitverantwortung der Familie, da sie ständigen Kontakt mit unserer Mutter hatte. Die ist ruhig geblieben und hat sie liebevoll begleitet und getröstet.«

»Und sich drastisch geirrt mit der Annahme, ihr Denken und Fühlen genau zu kennen.« Martin näherte sich zögernd dem kritischen Gedankengang seines Bruders.

10. XII.
Heute mit Mama in der Frauenklinik gewesen. Waren alle sehr nett. Habe furchtbar geweint. Auf diesem schrecklichen Stuhl mit den zwei Stützen für die Beine. Mathias, ich hasse Dich, Du hast mir das eingebrockt. Und dann der Arzt. Ach, wenn doch Mathias mich so berührt hätte. Aber es war nur ganz kurz. Ich habe ihn doch so geliebt. Aber jetzt will ich ihm wehtun. Ich weine nur noch in mein Kopfkissen.

12. XII.
Hört denn das nicht auf? Das ist ja wie ein Herbststurm, der immer stärker wird. Mathias ist verhaftet worden. Es steht in allen Zeitungen. Durch eine Indiskretion, heißt es. Er bestreitet alles. Die Schülerin lügt. Mein Name steht aber nicht in

der Zeitung. Sie haben ihn am nächsten Tag wieder freigelassen.
In der Klasse lästern sie. Das bist doch du, du hast die Stunden bei ihm gehabt. Gregor auf dem Schulhof: »*Na, du kleine Pissnelke, hat's Spaß gemacht? Hast du auch alles erzählt, nichts vergessen? Schwindelst du auch nicht?*« *Viele machen auf dem Schulhof einen Bogen um mich. Bis Weihnachten wird nichts mehr passieren, sagt Papi.*
14. XII.
Papi hat sich geirrt. Ich muss übermorgen zum Doktor. Er ist Kinderpsychopath. Mami kommt mit. Sie sagt, das ist ganz normal, bei Kindern wird die Glaubwürdigkeit streng geprüft.
16. XII.
Ich halte das nicht mehr aus. Sie fragen alle dasselbe, die Ziege vom Schutzbund, die Polizistin und jetzt auch der Doktor. Mami musste zuerst wieder draußen bleiben. Er war schrecklich nett. Dabei wollte er mich nur einwickeln. Mit Augenzwinkern wollte er wissen, wie oft ich schon geschwindelt hätte. Z. B., wenn ich mehr Pralinen genascht hätte, als Mami das erlaubt hat, oder geraucht oder Alkohol getrunken! Das gibt man ja nicht gerne zu, und dann kommt man schnell ins Schwindeln und alles ist wieder in Ordnung. War es so? Na, na, kannst es ruhig zugeben. Das bleibt unter uns.
Nein, nein, nichts gebe ich zu. So war es nicht. Ich mag keine Pralinen, geraucht habe ich nie und Alkohol getrunken nur ein kleines bisschen mit den Eltern.
Der wollte mich doch nur reinlegen, wollte wissen, wie Mathias mit den Fingern an mir ... Herr Doktor, das geht Sie gar nichts an. Ich rede nicht mehr darüber. Ich schäme mich, das darf ich, das darf niemand noch schlimmer machen. Dass ich noch Jungfrau bin, wusste er vom Gymnologen. (Ich glaube, der heißt anders.) Dann redet er von Religion. Ob ich an den lieben Gott glaube.

Ja, Herr Doktor, sehr. Und ich wünsche, dass er mir jetzt beisteht (hab ich aber nicht gesagt). Ob ich die zehn Gebote kenne? Ja, doch, ja. Ob ich das Achte Gebot hersagen könne? Ja, ich kann: »Du sollst nicht falsch Zeugnis reden wider Deinen Nächsten.« Ob mein Gewissen rein ist, wenn ich den Studienrat beschuldige? Ja, es ist, aber das ist doch alles nicht so schlimm gewesen! Doch, es ist, sagt er.
Ob ich mal heftig auf den Kopf gefallen wäre, will er noch wissen. Jetzt bin ich wohl auch bekloppt. Ob ich in den Studienrat verknallt gewesen bin, der sieht doch toll aus? Nein, lüge ich, nein, nein, das geht Dich gar nichts an, das ist mein innigstes Herzensgeheimnis, was hat dieser fremde Mann darin zu suchen? Dann hat er noch mit Mami allein geredet. Sie ist so lieb, ich bedanke mich bei ihr.

»Die Dreizehnjährige wird doch durchgerüttelt wie ein kleines Segelschiff im Atlantiksturm«, sagte Martin und die Brüder richteten sich in ihren Sesseln auf.

»Du hast recht, es ist kaum zu glauben, dass sie sich nicht einfach verzweifelt auf den Boden wirft, der Mutter alles gesteht und sich damit vor den Stürmen wegduckt. Ich will nicht übertreiben, aber nach meinem Eindruck deutet sich hier schon die starke Persönlichkeit der späteren Jahre an, die auch in schwerer See Kurs hält. Wenn hier auch in der falschen Richtung.«

»War schon eine tolle Frau.« Martin lehnte sich wieder zurück, wollte zügig weiterlesen und sich von nichts mehr erschrecken lassen.

18. XII.
Wäre ich doch niemals diesem M. begegnet. Unsere Wohnung ist zwar wie immer in der Adventszeit geschmückt, der große Kranz

mit den vier Kerzen, der große Wandkalender mit den Türchen, die jeden Tag geöffnet werden können, bis die große Tür am Heiligen Abend an der Reihe ist. Das Singen am Sonntag, alles ist wie früher im Weihnachtsmonat. Und doch ist alles fremd. Sogar die Freundlichkeit von Papi und Mami und Günther und Martin ist anders. Das ist, wie wenn sie Theater spielen.
19. XII.
In der Schule sagen sie, Wißmann darf an seiner Schule nicht mehr unterrichten, bis die Sache geklärt ist. Ich laufe oft nur noch mit verweinten Augen herum.
25. XII.
Dieser elende Wißmann. Was für ein fröhliches Weihnachtsfest hätten wir feiern können. Beim Singen unter dem Baum hat's mich in der Kehle gewürgt. Ich habe die Blumen für Papi und Mami vergessen und natürlich auch den fröhlichen Sinnspruch, mit dem ich sie früher immer überrascht habe. Ich habe eine wunderschöne kleine Brosche bekommen, aus Silber, ein Ahornblatt. Ich möchte nur noch schlafen.
2. Weihnachtsfeiertag
Ich kann mein Tagebuch nicht mehr ertragen. Alles, was ich aufschreibe, erlebe ich noch einmal. Anfangs hat mich das beruhigt, jetzt regt es mich auf, schmerzt mich. Ich schreibe nichts mehr auf Deine Seiten, du kaltes Tagebuch. Aber ich werfe Dich nicht weg, gut verstecken werde ich dich.

»Jetzt sucht sie Halt in Denkmodellen, stellt sie allerdings auf den Kopf. ›Dieser elende Wißmann‹ ist schuld, dabei war sie die Elende. Die Tatsache der schicksalhaften Begegnung münzt sie in Verschulden um, und zwar dasjenige des Anderen. Das eigene Verhalten bleibt als Ursache außen vor. Und als eigentliches Verschulden.«

»Also sprach der kluge Günther«, seufzte Martin. »Hättest

Du doch nicht so erschreckend recht. Quälen wir uns weiter durch das Dickicht. Schlimmer kann's nicht werden.«

18. III. 1964

Mein geliebtes Tagebuch! Ich entschuldige mich bei Dir. Bei mir ging alles drunter und drüber. Nach der langen Trennung weiß ich erst, wie viel du mir bedeutest. Ich brauche dich jetzt mehr denn je. In zwei Wochen findet der Prozess statt, und ich bin Zeugin. Am 10. Januar bin ich 14 geworden. Wenn ich so alt schon gewesen wäre, als die Geschichte mit Wißmann war, also sechs Wochen später, gäbe es keinen Prozess, hat Papi erfahren. Die wenigen Wochen machen so viel aus.

Ich muss vor dem Gericht aussagen. Aber die Öffentlichkeit wird ausgeschlossen, hat man Papi gesagt, weil ich noch nicht 16 Jahre bin. Mami darf aber dabei sein. Aber keine Zeitungen und so.

26. III.

In sieben Tagen ist der Prozess. Mir surren Bienenschwärme um den Kopf. Hatte heute fürchterlichen Traum. Man hatte mich ins Gefängnis geworfen und in Ketten gelegt. Ich würde erst freikommen, wenn ein Engel mit Palmenzweigen kommt. Es kam aber keiner. Ich war nass vor Schweiß, als ich aufwachte, hatte wohl geschrien. Mami klopfte an die Tür, ob mir was fehlt?

1. IV.

Morgen ist es so weit. Das steht wie ein riesiges schwarzes Loch vor mir. Ich habe Angst, ohnmächtig zu werden. Bin heute Nachmittag mit der Straßenbahn zu dem Justizgebäude gefahren. Sieht aus wie ein Opernhaus. Doch es lädt mich nicht ein, es droht mir. Morgen muss ich da hinein. Mir zittern die Knie.

Martin wollte wiederum die Seele des kleinen Mädchens streicheln. »Mit dem Grünen geht sie um wie ein Kind mit seinem

Kuscheltier. Das ist fürs Herz. Wird die Liebe kalt, muss es weg. Wächst neue Liebe, wird es wieder umarmt.«

»Nein, nein, lieber Bruder, das geht tiefer in gedankliches und gefühlsmäßiges Aufarbeiten. Das verwebt sich alles zu einem Durcheinander von Empfindungen, Fragen und Erwartungen. Die Schuldlosigkeit des Tagebuchs ist ihr in den fast drei Monaten seiner Abwesenheit deutlich bewusst geworden. Und seine starke Rolle als Helfer. Ich versuche es mir so zu erklären, dass sie mindestens geahnt, wenn nicht gar schon gewusst hat, dass die schriftliche Formulierung der Gedanken dazu zwingt, sie klarer zu fassen.«

»Und ein Tagebuch widerspricht nicht.«

»Nein, es kann aber eigene Widersprüchlichkeiten des Schreibers aufdecken, deren Überwindung erleichtern und seine Emotionen beruhigen. Und es kann überdies dazu beitragen, dass man quälende Gedanken, die einen tags und vor allem nachts peinigen, quasi auf dem Papier abladen kann.«

»Und dann ist man sie erst mal los, hat sie gewissermaßen entsorgt?«

»Wenigstens zum Teil.«

»Hab ich noch nie erlebt.«

»Ich schon. Ich bin mir ganz sicher, dass sie die vielen schrecklichen Bedrohungen, – der fürchterliche Traum, der herannahende Prozess, den sie als riesiges schwarzes Loch erlebt, die Angst, ohnmächtig zu werden – nach der Niederschrift als weit weniger bedrohlich empfunden hat. Und es könnte sein, dass ihr dies geholfen hat, den für ein Kind ja wirklich erdrückenden Prozesstag besser durchzustehen. Lesen wir weiter.«

2. IV.
War gar nicht so schlimm. Anfangs aber doch. Die vielen Leute auf dem Gang vor dem Saal, in dem der Prozess lief, starrten

mich an wie einen bunten Hund. Das sind die Presseleute, sagte Mami. Ich habe eine Hand vor mein Gesicht gehalten, damit ich auch nur im Vorübergehen nicht fotografiert werde.
Beim Betreten des Saals ein Schock. Drei Richter hinter einem erhöhten dunklen Tisch. Einer war schwarz gekleidet und sah zuerst finster aus. Rechts vom Tisch saß auch einer in schwarz, links auch. Hinter ihm, etwas höher, saß Wißmann. Ich habe schnell weggeguckt.
Der Richter in der Mitte war eine Frau. Die war dann aber sehr nett! Hab keine Angst, komm mal ganz nahe an unseren Tisch, Susannchen. Guten Tag! Dann schickte sie die Tante vom Kinderschutzbund aus dem Saal. Die wollte aber nicht, zeterte. Mami musste sich nach hinten setzen auf eine der vielen Bänke. Die waren aber leer.
Dann stand die Richterin auf, lächelte wieder und bat mich zu ihr zu kommen, um den Tisch herum. Dort stand schon ein Stuhl. Dann saß ich neben ihr. »Weißt Du, ich bin auch eine Mami, ich hab auch so eine kleine Tochter, ich weiß doch, wie das so ist mit einem dreizehn, vierzehn Jahre alten Mädchen. Du musst unbedingt die Wahrheit sagen, sonst könntest Du auch bestraft werden, weil Du jetzt vierzehn Jahre alt bist.«
In Ruhe musste ich ihr noch einmal alles erzählen. In allen Einzelheiten. Alles sei ja gar nicht so furchtbar schlimm, sagte sie, es wäre aber ganz entsetzlich, wenn Du die Unwahrheit sagst. In diesem Augenblick, wie ein Peitschenknall, ein Schrei von Wißmann: »Sie lügt, sie lügt, eine infame Lügnerin.« Die Richterin wurde böse. »Stören Sie nicht meine Vernehmung. Sie können sich nachher äußern.«
»Susanne, bleibst Du bei Deiner Aussage?« Merkwürdig, es fiel mir ganz leicht, wie ein auswendig gelerntes Gedicht, diese Worte zu sagen:
»Ja, ich bleibe dabei.«

»Sie lügt!« Jetzt schrie der schwarz gekleidete Mann vor Wißmann. »Ich verlange eine Gegenüberstellung. Sie soll hierherkommen und meinem Mandanten in die Augen sehen.« Ich hielt mir die Ohren zu. Die Richterin sagte laut, sie werde nicht zulassen, dass das Kind hier aufgerieben wird, es hat schon genug ertragen. Der Schwarze schrie zurück, es geht um die Schuldlosigkeit eines angesehenen Bürgers und dann: »Das Mädchen wollte Liebe und Herr Wißmann hat sie zurückgewiesen. Jetzt übt sie Rache.« Die Richterin schaute mir tief in die Augen. »Susanne, stimmt das?« Ich war wie betäubt und hörte mich sagen, wie von ferne: »Nein, das stimmt nicht, das stimmt nicht, er lügt.«
Ich habe alles aufgesagt wie ein dressierter Papagei. Dass so etwas geht! Bin richtig erleichtert. Die Richterin hat mich ganz ruhig gemacht, so dass jede Beklemmung in der Brust verschwunden ist. Ich kann wieder frei atmen. Beinahe könnte ich glauben, ich habe die volle Wahrheit gesagt. Jedenfalls ist jetzt alles vorüber. Ich singe wieder ein bisschen: »Der Mai ist gekommen ...« Na ja, noch nicht ganz. Alles vorüber, alles vorüber. »Vom Eise befreit ...«

»Was ich gesagt habe.« Günther fühlte sich bestätigt und nahm selbstsicher einen kräftigen Schluck vom Burgunder. »Das Klarschreiben und Ausdrücken ihrer Befürchtungen hat sie auf ihrem Weg sicherer gemacht. Erschreckend, wie die Richterin ihr bei der Unwahrheit Hilfestellung gab, obwohl sie natürlich genau das Gegenteil bezweckt hatte.«

»Hast Du schon davon gehört, dass Menschen sich eine unangenehme Wahrheit so lange ausreden, bis sie selber daran glauben?«

»Flucht vor der Wahrheit, ja, das kommt vor, eine Art Autosuggestion. Eigentlich großartig, wie sie sich schlägt. In diesem hallenartig groß und düster gestalteten Gerichtssaal

mit den strengen Gesichtern über schwarzen Roben können auch Erwachsene weiche Knie bekommen. Großer Gott, hätte sie doch nur für eine gute Sache gestritten.«
»Das kommt später.«

3. IV.
Ich hatte wieder diesen schrecklichen Traum, saß in einem dunklen Verlies. Ein Engel ist zwar gekommen. Er hatte aber keinen Palmenzweig dabei und wurde wieder weggeschickt. Beim Aufwachen war ich schweißnass.
Beim Frühstück lag die Morgenzeitung auf dem Tisch. Papi hatte die Seite mit dem Prozessbericht aufgeschlagen. Von mir waren überhaupt keine Einzelheiten zu lesen. Es hieß, die Öffentlichkeit war für die ganze Verhandlung ausgeschlossen worden. Papi sagte: »*Das Gericht hat entschieden*«, *mir wollte das Herz zum Hals rausschlagen,* »*dass die Verhandlung vertagt ist.*« *Neue Beweise werden erhoben. Das traf mich wie ein Schlag: Ein anderer Sachverständiger soll zur Glaubwürdigkeit des Kindes gehört werden. Ich muss also zu einem Professor? Papi nickte, wahrscheinlich. Und wieder zum Gericht? Papi zuckte mit den Schultern: vielleicht.*
Um Himmels willen! Alle Leichtigkeit ist mit einem Schlag dahin. Kein Mai, nichts ist vom Eise befreit. Ich werde wieder leben wie unter einer Glocke. Mami tröstet mich.
In der Schule starren sie mich an. Viele drehen sich gleich wieder weg. Ich kann mich aber zusammenreißen und bin ganz ordentlich im Unterricht.
10. IV.
Wer soll das aushalten? In der großen Pause nehmen sie mich jetzt aufs Korn. »*Du gemeine Petze!*« *Carla ging auf mich los.* »*Für das bisschen Fummeln musst Du diesen Mann und seine Familie ruinieren? Hättest Du nicht Dein freches Maul halten*

können?« Andere standen dabei und klatschten. Sie glauben also meine Geschichte, verachten mich nur wegen des Weitererzählens. Wenn die wüssten! Ich wehre mich. Ich habe nicht gewusst, was daraus wird, ich werde doch wohl mit meiner Mutter reden dürfen! Da streckt mir doch so'ne zehnjährige Göre die Zunge raus. Früher hätt' ich ihr eine geknallt. Jetzt muss ich stillhalten. Sie sind alle über mir. Gregor grinst mich an: »Ich werde in der nächsten Verhandlung als Zeuge aussagen. Was Du für ein Herzchen bist.«
Was hat denn der mit dem Prozess zu tun? Was kommt da noch alles über mich?
13. IV.
Hab mich heute furchtbar bei Mami ausgeweint. Dass sie mich in der Schule für eine gemeine Petzerin halten. Können wir nicht wegziehen? Oder ich in ein Internat weit weg? Wie komme ich aus diesem Sumpf raus? Kann ich nicht einfach alles zurücknehmen?
»Um Gottes willen«, schrie sie, »um Gottes willen, sie werden Dir das gar nicht glauben und Dich furchtbar beschimpfen.« Das heißt also, mir hilft jetzt nicht einmal mehr die Wahrheit. Außerdem würde ein Gericht mich bestrafen, hat die Richterin gesagt. Ich muss da jetzt durch. Mami wird immer bei mir sein. Ob sie die Frau vom Kinderschutzbund noch einmal herbitten soll? Nein, nein! Die hat aber eine riesige Erfahrung mit vielen kleinen Mädchen, denen es ähnlich ergangen ist. Vielleicht kann eine andere Frau von der Organisation kommen. Mami nimmt mich in den Arm und küsst und streichelt mich, nur Mut, nur Mut, es geht alles vorüber.

»Ich möchte sie umarmen und streicheln. Ihr Leben bewegt sich wie in einem Lauf unter Spießruten. Sie will wohl einknicken, erkennt aber, dass sie ausschließlich zwischen Pest und

Cholera wählen kann.« Martin brachte nur noch leise gesprochene Worte hervor.
»Bei Pest ist sie schon. Die alternative Überlegung kann auch eine Bestärkung sein, dabei zu bleiben, das Weitermachen auf äußere Zwänge zu schieben.«

14. IV.
Morgen kommt eine Frau vom Schutzbund, eine Doktorin. Ob sie mir helfen kann? In der Schule wieder etwas besser. Meine Leistungen können sie mir nicht nehmen.
15. IV.
Die Doktorin war lieb. Sie verstünde mich vollkommen, dass ich da jetzt raus möchte, vielleicht widerrufen. Aber das sei ja bald vorüber. Und ich muss natürlich bei der Wahrheit bleiben. Das ist auch deshalb meine Pflicht, weil man andere kleine Mädchen künftig vor dem Sittenstrolch schützen muss. Und sie erzählte mir schlimme Geschichten von Mädchen und bösen Männern und wollte wissen, ob ich auch alles gesagt und nicht aus Scham noch mehr verschwiegen hätte. Nein, nein, hab ich nicht.
Und dann fuhr es mir kalt durch die Glieder. Sie wiederholte mit strenger Mine, was die Richterin mir schon angedroht hatte. Ich bin jetzt vierzehn, sagt sie, also strafmündig. Wenn sie mir den Widerruf glauben, könnte ich bestraft werden wegen falscher Aussage vor Gericht und falscher Anschuldigung. Aber ich soll mir das aus dem Kopf schlagen. Wenn es nicht wahr ist. Wir werden jetzt zusammen den schweren Weg gehen und den Unhold (was für ein blödes Wort) zur Strecke bringen. Ich könnte jederzeit zu ihr kommen. Ich will aber nicht.
4. V.
Es ist wieder so weit. Heute amtliches Schreiben ins Haus geflattert. Ich muss zu Professor Höher, Psychiatrie. Es geht um meine Glaubwürdigkeit. Ein Gutachten will er machen.

11. V.
Dass ein amtlicher Professor so nett sein kann! Ein Glas Tee habe ich zur Begrüßung bekommen. Er kam ganz anders zur Sache, wollte viel mehr wissen. Habe mich längst nicht mehr so geschämt wie bei dem ersten Doktor. Dass man sich an so etwas gewöhnen kann! Er hat mir viele Geschichten erzählt, dass kleine Mädchen es in der Pubertät manchmal sehr schwer hätten. Daran seien sie völlig unschuldig. Die Natur setze ihnen einfach heftig zu. Er habe schon erlebt, dass sie wilde Sexualträume schließlich für die Wirklichkeit gehalten hätten. Wie es denn mit meinen Träumen bestellt sei?
Aber damit kann er mich nicht auf den Leim führen, nicht mehr. Ich habe solche Träume nicht, Herr Professor, nur ein bisschen, so ist es ja wohl mit dem Körper, sagt meine Mami.

»Sie bekommt Routine. Den Professor lässt sie abfahren wie einen Bittsteller.« Günther hatte wieder diesen Ansatz von Bewunderung in der Stimme.

»Wenn ich richtig informiert bin, hat er sie ja auch für glaubwürdig erklärt.« Zum ersten Mal reagieren beide Brüder mit demselben Gesichtsausdruck: ironischem Lächeln. Martin las weiter.

18. V.
Der Prozess geht am 15. VI. weiter. Ich muss nicht hin. Mir fällt ein Stein von den Schultern. Papi und Mami dürfen hin, wenn sie wollen.
20. V.
Kinder auf dem Schulhof sind zum Kotzen. Ob ich nun zufrieden bin, dass der Mann wieder gequält wird? Der Termin hat in der Zeitung gestanden. In der Klasse machen sie keine Bemerkungen mehr, seit der Klassenlehrer sie ermahnt hat. Noch steht nichts

fest, hat er gesagt. Wenn es so weit ist, werden wir mit Susanne reden. Aber lieben tun sie mich deshalb nicht. Bis zum Prozesstermin schreibe ich nichts mehr auf. Ich kann an anderes nicht mehr denken.

15. VI.

Heute ist wieder Prozess. Die ganze Klasse tuschelt. In Geschichte habe ich mich verplappert. Frühes 16. Jahrhundert, konnte den Namen Ignatius von Loyola erst beim dritten Anlauf richtig aussprechen. Sie haben mich ausgelacht, laut und schrill, als hätten sie nur auf solch eine Gelegenheit gewartet. Ich bin bei allen unbeliebt. Mehr als das. Das Ende des Unterrichts war eine Erlösung.

Wir wissen noch nichts vom Prozess. Papi und Mami sind nicht hingegangen. Ich gehe spazieren. Ein bisschen im Park. Die Schularbeiten schiebe ich vor mich her. Meine Gedanken rasen nur um den einen Punkt, den Prozess. Hoffentlich wird er freigesprochen. Ich rede laut vor mich hin. Das habe ich doch nicht gewollt, nicht gewusst, dass ich so viel Schlimmes in Bewegung setze.

Am späten Nachmittag ruft ein Pressemann an, was wir denn zu dem Urteil sagen. Mami ist am Apparat. Sie kennt das Urteil nicht, er sagt es ihr. Sie wird blass und wiederholt tonlos: Wegen sexuellen Missbrauchs eines Kindes, Freiheitsstrafe von sechs Monaten, zur Bewährung ausgesetzt, Bewährungszeit zwei Jahre. Mami sagt, dass sie nichts sagt und legt den Hörer auf.

Mami sagt, er muss nicht ins Gefängnis, Gott sei Dank. Alle fünf Minuten klingelt das Telefon. Das Klingeln schneidet mich quasi ins Ohr. Wir nehmen nicht mehr ab, legen den Hörer daneben. Papi kommt nach Hause und beruhigt uns. Er bleibt frei. Das ist ja praktisch ein Freispruch und noch nicht das letzte Wort. Er kann in eine höhere Instanz gehen.

16. VI.

Unsere Morgenzeitung berichtet vom Prozess. Überschrift: Mildes

Urteil. Mein Name steht nicht drin. Aber sie wissen es sowieso alle. In der Schule dasselbe Bild. Sie schneiden mich. In der Deutschstunde fragt Carla doch tatsächlich den Lehrer, ob das ein Freispruch ist. Er wehrt ab, dazu wolle er sich jetzt nicht äußern, vielleicht später. Ich sitze teilnahmslos im Unterricht.
17. VI.
In der Morgenzeitung steht, der Rechtsanwalt von Mathias hat gegen das Urteil Berufung eingelegt. Was heißt das jetzt? Ist er nun verurteilt oder nicht? Ja und nein, sagt Papi. Die nächste Instanz kann das Urteil aufheben. Dann gilt es nicht. Oder sie kann es bestätigen. Dann gilt es. Jetzt schwebt es sozusagen im luftleeren Raum. Damit soll man nun etwas anfangen!

»Obwohl Susanne den Prozess unmittelbar nur ganz kurz erlebt hat, vielleicht eine halbe Stunde, lag er wie zentnerschwer auf ihren Schultern. Von Einzelheiten des Verfahrens erfuhr sie so gut wie nichts. Genau wie wir. Eigentlich nur das Urteil und die gutachterliche Feststellung der beiden Sachverständigen, dass ihre Aussage glaubwürdig sei.« Günther nahm den Rechtsstaat aufs Korn: »Die urteilen ›Im Namen des Volkes‹ und prozessieren auf dessen Kosten. Die müssen an den zwei Verhandlungstagen eine enorme Höhe erreicht haben. Und was ist herausgekommen? Ein krasses Fehlurteil!«

»Die finanzielle Fehlinvestition kann sich unser reiches Land ja eben noch leisten. Angst wird mir aber bei dem Gedanken, dass das Gericht bei aller gebotenen Sorgfalt in der Anwendung der einschlägigen Rechtsvorschriften grobes Unrecht gegen einen schuldlosen Mann geschaffen hat. Dagegen gab es keine Sicherung, und das kann deshalb auch anderen widerfahren.«

»Justizirrtum ist wohl nicht das Ungewöhnlichste in der Rechtsgeschichte. Die Juristen nennen das lakonisch Patholo-

gie der Rechtssprechung. Ich habe ein bisschen darüber nachgelesen. Sie wissen schon, wie problematisch Kinderaussagen sind, und ziehen deshalb auch Sachverständige der Psychologie hinzu.«
»Und die Sachverständigen?«
»Die tun sicher, was sie können. Aber wie viel ist das? Psychologie ist nicht Radiologie. Sie können halt nicht die Gedanken der Zeugen fotografieren. Und dann machte unser Schwesterlein persönlich einen vorzüglichen Eindruck. Vater und Mutter haben ihr ja auch geglaubt.« Mit hilflosem Achselzucken gab Günther das Thema auf und griff wieder zum Tagebuch – mit ersten Anzeichen von Ermüdung und Resignation.

18. VI.
Himmel hilf, lass die Zeit schneller laufen. Am 4. Juli beginnen die großen Ferien. Ich reiße mich in der Schule wahnsinnig zusammen. Sie sind zu mir wie zu einer Fremden. Sprechen tun sie nicht mit mir, sagen aber auch nichts Böses. Udo ist unser Klassenprimus. Sein Vater ist Rechtsanwalt und hat gesagt, ein Urteil, das angefochten wird, ist nicht rechtskräftig, ist manchmal gar nichts. Das hat wohl alle ein bisschen ruhiger gemacht. Wie gut.
4. VII.
Ferien! Ich lasse die Schule hinter mir wie einen Albtraum. Zeugnis ist doch recht gut, versetzt natürlich. Die ganze Familie fährt für drei Wochen nach Meran. Bergwandern. Von hoch oben runter in die Ferne sehen. Vielleicht kann ich meine Sorgen hinter mir lassen. Bin wahnsinnig aufgeregt.
10. VII.
Unser ältliches, aber vornehmes kleines Hotel liegt etwas am Berghang. Mit freiem Blick über die Dächer des Städtchens in die umliegenden Alpen. Papi liebt Meran. Mein Zimmerchen hat

einen kleinen Balkon. Dort sitze ich und döse. Bei der Sicht auf die Berge kann man träumen, sich verlieren, mit Gedanken über die Bergspitzen hinaus, himmelwärts. Wie könnte doch alles so schön sein.
13. VII.
Ich bete viel, wache nachts häufig auf, finde meine Ruhe in den Bergen nicht. Überhaupt nicht.
14. VII.
Wieder dieser schreckliche Traum mit dem dunklen Verlies. Doch diesmal kamen zwei Engel und taten so, als ob sie mich befreien wollten. Aber plötzlich rissen sie sich Masken von den Gesichtern, und die gehörten zwei Teufeln. Die grinsten höhnisch und sprangen davon.
15. VII.
Herrliches Wetter, kein Wölkchen am Himmel, die Berge majestätisch und freundlich. Aber ich bin traurig.
16. VII.
Heute von einem riesigen Gericht geträumt. 20 Richter, alle in Schwarz. Der in der Mitte hatte einen viel größeren Kopf als die anderen. Und riesige Augen, mit denen er mich fast durchbohrte. »Ich gestehe alles, ich gestehe alles«, habe ich geschrien und bin wieder schweißnass aufgewacht.
17. VII.
Das Wandern tut mir gut. Wir gingen an einer tiefen Schlucht vorbei. Ein Sprung und in Sekunden wäre alles vorbei. »Du spinnst«, sagte ich laut zu mir. Mami sah mich erschrocken an. »Den Eindruck habe ich auch manchmal.«
18. VII.
Ich gestehe alles, ich gestehe alles! Ob das die Lösung wäre? Ja, nein, vielleicht.
19. VII.
Ich werde beim nächsten Gericht die Wahrheit sagen. Mir ist

alles egal. Sollen sie mich beschimpfen und einsperren. Ich werde ihnen alles erzählen. Wie ich immer mehr in die Klemme geraten bin. Am Anfang habe ich die Geschichte doch nur erfunden, weil ich befürchtete, dass Wißmann meinen Eltern die Wahrheit sagen würde, und ich wollte ihm zuvorkommen. Dann wollte ich ihm schon eins auswischen, weil er mich so beleidigt hat. Aber ein bisschen nur, dass Papi ihm einen bösen Brief schreibt. Und dann war es plötzlich ein Verbrechen mit Kinderschutzbund und Polizei. Da konnte ich dann nicht mehr raus. Wie hätte ich vor meinen Eltern dagestanden, meinen Brüdern? Dann habe ich mich getröstet, dass er freigesprochen wird, und dann habe ich furchtbare Angst vor einer gerichtlichen Strafe bekommen, weil ich inzwischen 14 geworden bin und strafmündig, wie sie sagen. Hätte ich den Schwindel eingestanden, hätten sie mich eingesperrt.

»Ihre Gewissensbisse sind echt. Sie ist nicht abgefeimt. Noch nie hat sie so deutlich zusammengefasst, wie hoffnungslos bedrängt sie ist. Ob sie in der Berufungsinstanz die Wahrheit gesagt hätte? Niemand weiß es. Wahrscheinlich hat sie es selber nicht gewusst. Sicherer Nachweis wäre nur das tatsächliche Geständnis im Berufungsverfahren gewesen. Doch es fand nicht statt. Unsere Frage ist nicht zu beantworten.« Günther bat seinen Bruder weiterzulesen. Der aber wollte sich zuvor noch äußern. »Ich glaube ihr.«

*20. VII.
Mir geht es besser. Angst? Ja, hab ich. Aber es ist, als wenn ich langsam wieder festen Boden unter die Füße kriege.
21. VII.
Wir sind heute vier Stunden gewandert. Haben ein bisschen gesungen. Vielleicht sollte ich mir das mit der Wahrheit noch*

einmal überlegen. Vielleicht können sie ihrer Sache nicht sicher sein, weil Aussage gegen Aussage steht, und sprechen ihn sowieso frei, wie Papi neulich gesagt hat.

»Jetzt glaube ich ihr nicht mehr.« Martin war mehr beleidigt als enttäuscht.
»Ich enthalte mich jetzt jeder Vermutung, bis ich nicht die ganze Geschichte kenne. Also weiter.«

22. VII.
Ein herrlicher Tag gestern. Heute nur gebummelt. Viel gesungen.
23. VII.
Es ist kein Gewitter, kein Donner mit Blitzen, es ist blauer Himmel, aber mir wird schwarz vor Augen. Papi hatte die Morgenzeitung aufgeschlagen auf den Tisch gelegt. Er war blass und zeigte auf eine Kurzmeldung: »Selbstmord?« Ich lese sie schnell durch und schlage die Hände vors Gesicht. Ein deutscher Tourist ist in den Dolomiten abgestürzt und tödlich verletzt worden. Ein Studienrat Dr. Wißmann. Ein geübter Bergsteiger an einer ganz ungefährlichen Stelle. Wie man hört, ist der Lehrer vor Kurzem wegen sexuellen Missbrauchs einer Schülerin verurteilt worden. Ein Selbstmord wird daher für möglich gehalten. Papi sagt, das glaube ich nicht. Das war doch ein robuster Mann.
Wir verfolgen aufgeregt jede Nachrichtensendung des Rundfunks. Erst spät die erlösende Meldung. Kein Selbstmord! Der trainierte und erfahrene Bergsteiger ist in einen Steinschlag geraten, der an dieser Stelle in dieser Jahreszeit ungewöhnlich ist. Die herabstürzenden Steine haben ihn erfasst und in den Abgrund geschleudert. Ganz klar ein Unfall. Schlimm, aber ich kann einschlafen.
24. VII.
Mitternacht. Mein Schlaf ist weg. Was ist da über mich gekom-

men? Ich kann nichts für seinen Tod, aber mir ist, als hätte ich ihn umgebracht. Wäre er ohne das Urteil in die Berge gefahren? Sicher doch, er liebte das Bergsteigen, hat er mir mal kurz gesagt. Aber dass das Urteil hier in der Zeitung stand, im Zusammenhang mit seinem Tod, das ergibt wieder meine Geschichte. Hätte ich beim nächsten Gericht die Wahrheit gesagt? Ja, ich hätte, ja, ja, ja!

»Die Wahrheitsfrage bedrückt sie wie ein Albtraum. Er stürzt auf sie ein, sogar aus einem Schrecknis, mit dem sie nicht das Geringste zu tun hatte: dem tödlichen Unfall von Wißmann. Sie sitzt wie verängstigt im Dunklen und schreckt bei jedem Geräusch hoch.«

25. VII.
Am 27. fahren wir wieder nach Hause. Was wird mich dort bloß erwarten? Papi hat unsere Putzfrau angerufen, sie solle alle Tageszeitungen am Kiosk kaufen, für zwei Tage, und auf seinen Schreibtisch legen.
31. VII.
Alles ist anders. Mir ist, als stünde immer jemand hinter mir und schubst mich vor sich her. Das geht von morgens bis abends. Mir haben die Hände gezittert, als ich auf Papis Schreibtisch die gestapelten Zeitungen durchging. Papi hatte gesagt, das sei jetzt meine Sache. Ich solle alles durchlesen und kurz aufschreiben. Dann würden wir es gemeinsam besprechen. Das war nun heute. Ich stoße auf ein Interview mit dem Leitenden Oberstaatsanwalt. Er sagt, das Urteil war beim Tod von Wißmann noch nicht rechtskräftig, und das Verfahren ist jetzt beendet. Er gilt als nicht bestraft.
Gut, aber er ist es doch!
Niemand hat mich beschimpft oder mir irgendeine Schuld gege-

ben. Aber die Tragödie war groß, erst die Verurteilung und dann der tödliche Unfall. Seine arme Familie. Was wird denn jetzt aus dem Urteil?

Am kommenden Montag beginnt die Schule. Mir graut davor.

3. VIII.

Schulbeginn. So kann es nicht weitergehen. Sie grüßen mich nicht einmal mehr. Die ganze Klasse war bei Wißmanns Beerdigung am vergangenen Samstag, als wollten sie sich für mich entschuldigen. Wir haben einen neuen Klassenlehrer. Er hat mich nach dem Unterricht beiseite genommen. Er möchte mit meinen Eltern reden. Meine Situation sei doch jetzt sehr, sehr schwierig.

»Ich erinnere mich noch genau an diese Ferien in Meran. Etwas bedrückt waren wir ja alle. Susanne aber am stärksten.«

»Heute wissen wir genauer warum.« Martin nahm Günther die grüne Kladde aus der Hand und überflog noch einmal die soeben vorgelesene Eintragung. »Wir waren ja noch jung, Du siebzehn, ich sechzehn, aber mir steht so deutlich vor Augen als wäre es gestern gewesen, wie unser Vater laut und erleichtert bei der Rundfunkmeldung aufstöhnte, dass der tödliche Absturz von Wißmann kein Selbstmord gewesen war.«

»Obwohl wir überzeugt waren, es gab nicht den geringsten Ansatz zum Zweifeln, dass Susanne die Wahrheit gesagt hatte, hätte uns sein Selbstmord doch schwer bedrückt. Wir hätten ihn als tatsächliche Folge ihrer Aussage empfunden, vielleicht so ähnlich, wie wenn man ohne eigenes Verschulden mit dem Wagen einen Menschen totfährt.« Günther nahm seinem Bruder die Kladde wieder ab und hielt sie ihm aufgeschlagen demonstrativ vor die Augen. »Und hier hat sie abrupt aufgehört, mit dem grünen Buch zu reden. Kein Übergang,

keine Erklärung, kein Abschied, nichts. Nur noch leere Seiten im letzten Drittel des Bändchens.«
»Wahrscheinlich hat sie in dem Buch eine Art Verkörperung dieses kurzen schrecklichen Lebensabschnitts gesehen. Und will ihn nun auch körperlich abschließen, ausschließen vom weiteren Lebensweg.«
»Dann hätte sie es verbrennen können.«
»Wohl nicht. Vernichten wollte sie es so wenig, wie sie ihr Gedächtnis auslöschen konnte. Das wirkt auf mich eher wie der Versuch, diese Zeit einzukapseln, vom weiteren Leben reinlich zu trennen, damit auch nicht das Geringste in das künftige Leben hinüberreicht.«
»Vielleicht, vergessen wir nicht, dass sie ein junges Mädchen war und ihr Verhalten weitgehend auch nach Gefühlen ausgerichtet haben dürfte. Auch könnte ich mir gut vorstellen, dass sie versuchte, irgendwie ihr schlechtes Gewissen zum Schweigen zu bringen. Sie muss doch von einer wahrhaft destruktiven Emotionalität erfasst gewesen sein.«
»Wir versuchen, Fenster zum schwer Verständlichen zu öffnen.«
»Einiges werden wir erkennen.«
Erschöpft, von tiefer Enttäuschung gezeichnet und am Ende ihrer Willenskraft, sich mit dem Sturz ihres Familienidols auseinanderzusetzen, trennten sich Günther und Martin nach herzlicher Umarmung. Sie würden sich gegenseitig stützen, wie bisher schon auf ihrem Lebensweg. Übermorgen Abend wollten sie wieder zusammen sein, methodisch aber anders vorgehen. Jeder würde zwei der vier Lederbände einer Vorprüfung unterziehen und jede Stelle ankreuzen, die irgendeinen Bezug zu dem Skandalerlebnis ihrer Schwester aufwies. Und da sei noch etwas. Günther hob den rechten Arm, als wolle er in eine andere Richtung weisen: Er habe nie begriffen, wes-

halb Susanne mit fünfundzwanzig Jahren zum Katholizismus konvertiert sei.

2

Am zweiten Abend kamen die Brüder in dunklen Anzügen zusammen. Verabredet hatten sie das nicht. Für jeden war es aber wie ein selbstverständlicher Ausdruck seiner Stimmung. Die beherrschte beide dermaßen niederschmetternd, als hätten sie ihre Schwester ein zweites Mal zu Grabe getragen. Doch die reifen Männer wollten das Schicksal meistern.

»Es ist nichts Neues geschehen, sondern nur ans Licht gekommen, was seit langem Tatsache war«, nahm Günther das Wort auf.

»Warum eigentlich muss die lichte Gestalt in unseren Augen schwarz werden, nur weil sich hinter ihr ein finsteres Ereignis verbarg? Sie war doch keine Fata Morgana, sie war Wirklichkeit aus Fleisch und Blut und Geist, so wie wir sie geliebt und bewundert haben.«

»Hätten wir das auch getan, wenn wir von ihrer Verfehlung gewusst hätten?« Günther suchte den Kern.

»Ich danke meinem Herrgott, dass er mich zu ihren Lebzeiten nicht auf diese Probe gestellt hat«, seufzte der jüngere Bruder und rückte die in Leder gefassten Bände Zwei und Drei vor sich auf dem Tisch zurecht.

Die mühsame Durcharbeitung der vier Bände auf der Suche nach weiteren Eintragungen Susannes zu ihrem Kindheitserlebnis hatte zu einem überraschenden Ergebnis geführt. Erste Worte dazu fanden sich viele Jahre später, gleich nach ihrem Abitur, das sie auf einem Internat gemacht hatte.

Hinter dem Jubel für ihre ›Einser-Prüfung‹ stand wie verschüchtert das Bekenntnis: Sei ganz ruhig, kleine Susanne, ich werde alles wieder gutmachen.

»Sie hatte nichts abgeworfen, nur das Schuldpaket in aller Stille bei sich behalten.« Martin bemühte sich um einen richterlichen Ton, als wollte er mit allem Für und Wider ein Urteil vorbereiten.

»Das ist in den Bänden Vier und Fünf genauso. In all den Jahrzehnten nur ganz wenige, beinahe versteckte Worte. Wie aus dem Nichts. Als ob es immer wieder aus ihr herausbricht. Aber im zweiten Band, dem ersten ledernen, da müsste bei ihrem fünfundzwanzigsten Lebensjahr etwas Gravierendes zu finden sein. Eine Zäsur, die Konversion zum Katholizismus. Sie war doch gar nicht sonderlich religiös. Weder vorher noch nachher. Das war, als sie mitten in der Promotion steckte. Was stand dahinter? Hat sie es aufgeschrieben?«

Martin nahm den Band vom Tisch und schlug die Seite auf, die er schon mit einem Lesezeichen fixiert hatte. Aber er las noch nicht vor, sondern schaute erwartungsvoll auf seinen Bruder: »Weißt Du noch, welche Erklärung sie uns damals für ihren Schritt gegeben hat?«

»Recht genau sogar, es klang sehr gebildet. Sie erzählte schon Monate vorher, dass sie sich auf die Katechese vorbereite und ein ›Programm der Formierung‹ durchlaufe. Ich habe sie ein wenig belächelt und gefragt, warum sie von einer christlichen Familie in die andere wechsle.«

»Und was war die Antwort?«

»Um ihr Verhältnis zu Gott zu vertiefen.«

»Das hätte sie doch auch im Protestantismus erreicht können.«

»Eben, das war auch mein Einwand. Ganz und gar skeptisch aber wurde ich, als sie mir erklärte, bei der Aufnahme habe sie die Worte sprechen müssen: ›Ich glaube daran, dass alles, was die Kirche lehrt, offenbarte Wahrheit ist.‹ Und davon sollte ausgerechnet ein Freigeist wie diese hochintelli-

gente Akademikerin überzeugt gewesen sein? Ich begreife sie bis heute nicht.«
»Das wird Dir mühelos gelingen, wenn Du diese Eintragung von 1975 liest. Hör zu.«

21. IV.
Halte Last nicht mehr aus. Muss reden. Tagebuch hilft nicht mehr. Schweigt. Ist mein Spiegel. Brauche Beichtvater. Anwalt? Das Juristische belastet mich nicht. Arzt? Erreicht er meine Schuldgefühle? Familie, vielleicht Günther? Er wird mich verachten, sich abwenden. Ich würde ihn nur enttäuschen und belasten. Und wird er schweigen? Unser Pastor? Versteht er genug von der Einzelbeichte? Erfahrener Beichtvater, katholischer Priester, Seelsorger, der Menschenmögliches an Verschwiegenheit garantiert.

»Es geht weiter. Sie braucht noch einen Monat. Bemerkenswert übrigens der Telegrammstil, in dem sie schreibt.«
»Ich erinnere mich. Sie sagte gelegentlich, bei der privaten Niederschrift seien sorgfältig ausformulierte Gedanken reine Zeitverschwendung. Außerdem zwänge einen die Kurzform zur schnörkellosen Konzentration auf das Wesentliche.« Günther übernahm die weitere Lesung.

20. V.
Erste Gespräche mit Pfarrer G. Sage nichts von Beichte. Nur taktisches Herangehen an Konversion.
6. VI.
Habe offen Absicht zu Übertritt erklärt. G. gibt mir Lernmaterial. Ganz interessant. Suche nach Beichtgeheimnis.
13. VI.
Bin am Ziel! Beichtgeheimnis: Durch schwerste Kirchenstrafen gesicherte Pflicht zu völligem Stillschweigen, was Beichtvater erfah-

ren hat bei Beichte zur Erlangung der Lossprechung. Lässt sich machen, ist gut. Auch staatlicher Rechtsschutz. Mehr geht nicht.
10. XII.
Bin Katholikin. Suche Persönlichkeit für Beichte. Pfarrer S. könnte es sein. Werde seine Predigten hören.
16. I. 1976
Brillanter Mann. Hat Format. Predigtreihe über Zweites Vatikanisches Konzil. Ökumene. Passt ja zu mir. Zitiert Johannes XXIII.: »Die Lehre der Kirche soll durchdacht und neu formuliert, ihre Geltung für die Gegenwart betont, Verurteilungen sollen aber nicht ausgesprochen werden.«
Ob er für Seelsorge taugt? Werde es versuchen.

»Sie wird von heftigen Schuldgefühlen getrieben, immer noch, elf Jahre danach.«

2. II.
Versuch gescheitert. Kläglich. Musste abbrechen. Hatte alles bis zum Prozessbeginn erzählt. Dann Stimme versagt. Geweint. Gehe wieder hin.
16. II.
Beichtstuhl wie warme Schutzhülle. Habe ganzes Tatgeschehen zu Ende geschildert. Gitter zwischen Pfarrer und mir wunderbar. Macht freier. Man schämt sich weniger. Er spricht sehr ruhig und sachlich mit mir. Werde von Schuldgefühlen geplagt, die mich wie Dunstwolken umgeben. Sie gingen und kamen, in all den Jahren.
  Er: Sie waren ein Kind mit begrenzter Einsicht in die Schuld und begrenzter Fähigkeit, danach zu handeln. Typisch auch, dass Sie langsam hineingeschlittert sind.
Was ist meine Schuld?
  Er: Der Verstoß gegen das achte Gebot.

Es ist mehr. Ich war im Begriff, dem Mann schweren Schaden zuzufügen. Er hätte seinen Beruf verlieren können.
   Er: Das hat er aber nicht. Der Tod hat sein Leben beendet, bevor er durch Berufsverlust hätte Schaden nehmen können.
Das konnte ich nicht wissen, habe gehandelt wie gegen einen, der weiterlebt.
   Er: Wollten Sie denn seinen Berufsverlust?
Nein, aber ich hätte ihn in Kauf genommen. Die Richterin hatte mich darauf hingewiesen.
   Er: Das ist schlimmstenfalls ein Versuch. Sie sind da, wie gesagt, hineingeschlittert. Vielleicht hätten Sie auch widerrufen.
Meine Lügerei war hartnäckig, über Monate und vor Gericht. Ich hatte den sündigen Gedanken und wollte die sündige Tat.
   Er: Das wird sich in der Schwere der Bußsakramente auswirken.
Nach seinem Tod war auch seine Familie schwer belastet. Ich habe sie beleidigt.
   Er: Es gibt eine äußere und eine innere Beleidigung. Die äußere ist die Ansehensminderung in der Gesellschaft. Die innere die seelische Betroffenheit, das was schmerzt, die Kränkung, die krank macht. Beides war sicher schwerwiegend. Die Kränkung vielleicht nicht so sehr, weil die Familie Ihnen nicht geglaubt hat.
Ich habe meine Familie belogen. Damals und durch Verschweigen über die letzten elf Jahre.
   Er: Diese Lüge gehört zur Gesamtlüge, ist nur ein Teil davon, wiegt nicht gesondert.
Und das Verschweigen über die Jahre? Ich hatte Angst, meine Familie zu verlieren.
   Er: Der Vertrauensbruch wird nur fortgesetzt. Wird überdies

laufend weniger schwer, verblasst, ich kann heute darin keine eigene Sünde mehr erkennen.

Was kann geschehen, um mein Gewissen zu entlasten, was habe ich verdient?

Er: Ich werde Ihnen Bußsakramente auferlegen.

Ich verschweige ihm, dass ich daran zweifele, an dieser Art der Entlastung. Bin halt nur eine Vorbehalts-Katholikin.

Kann mir Wiedergutmachung bei Schuldtilgung helfen?

Er: Ja, aber was können Sie tun? Damals hätten Sie durch Widerruf einiges abmildern können.

Was könnte ich heute?

Er: Die Reue vor Gott, dafür sind Sie hier. Bereuen Sie aufrichtig?

Ja, es bedrückt mich zutiefst. Und was kann ich auf Erden tun? Offenbarung vor der Justiz?

Er: Interessiert die nicht. In deren Verständnis wurde Wißmann nicht verurteilt, wäre außerdem verjährt.

Geständnis vor der Familie Wißmann?

Er: Hätte vielleicht auch heute noch einen kleinen Trost.

Aber sie hat die Beschuldigung ohnehin nicht geglaubt. Vor der Öffentlichkeit kann sie damit nichts mehr gewinnen. Die hat die Geschichte längst vergessen.

Mir aber könnte es großen Schaden zufügen. Die Schulbehörde könnte davon erfahren und mir die Einstellung als Lehrerin verweigern. Und dies für ein bisschen Salbe auf die längst vernarbte Wunde?

Er: Als Akt der Wiedergutmachung so geringfügig und unverhältnismäßig, dass man es von Ihnen kaum verlangen kann. Aber Sie könnten generell Gutes tun an Ihren Mitmenschen, vielleicht sogar in einem einschlägigen Zusammenhang?

Das ist ohnehin meine Absicht, ich will Erzieherin werden und mich besonders den Mädchen in der Phase ihrer Pubertät widmen; ich weiß, wie es ihnen geht, in welchen Gefahren sie schweben.

Er: So spreche ich Dich los von Deinen Sünden im Namen des Vaters und des Sohnes und des Heiligen Geistes.

Ich verließ den Beichtstuhl, blieb in der Kirche, um die Gebete zu verrichten, die er mir als Bußsakramente auferlegt hatte. An die Lossprechung kann ich nicht ganz glauben. Wäre zu schön. Meine Schuld wird mich weiterverfolgen. Den »Dienst am Nächsten«, wie er sich ausdrückte, werde ich leisten, ohnehin aus Berufung. Gleich nach der Promotion. Kann es kaum erwarten. Der Mann war großartig. »Lossprechen« konnte er mich nicht, konnte aber meine dumpfe Belastung loswerden und meine Schuld deutlicher im Licht der Grundnormen von Moral und christlicher Ethik erkennen, als Missetat besser dort einordnen, wo sie hingehört.

Wenn Schwere der Buße Schwere der Sünde widerspiegelt, kann meine Sünde in den Augen des Beichtvaters nicht sehr schwer wiegen. Einige Gebete und die Auflage, Gutes zu tun. Sagt aber auch, ist schon lange her, und ich bin durch Gewissensbisse ohnehin gestraft. Wie auch immer, bin erleichtert, aber nicht erlöst. Es ist wunderbar, einen Mitwisser zu haben, eine kluge Autorität, als ob er einen Teil der Schuld auf die eigenen Schultern lädt. Und er wird sein Wissen mit ins Grab nehmen, wie ich. Aber vergessen werde ich die Susanne von damals nie.

»Wäre sie doch zu uns gekommen.« Martin versuchte eine Brücke des Friedens zwischen damals und heute zu bauen, wurde aber von seinem Bruder entschieden korrigiert: »Wir hätten niemals die intellektuelle Souveränität und diese Art richterlicher Neutralität aufgebracht wie der Beichtvater. Wie hätten wir auch?« Günther wollte sich mit großer Aufmerksamkeit auf das Wesentliche konzentrieren.«Der Zeitablauf, die elf Jahre nach der Tat, hätte uns natürlich milder gestimmt, aber wie fühlen wir heute, fast vier Jahrzehnte später? Mein Mitleid mit dem mir völlig fremden Wißmann ist größer.«

»Sie ist unsere Schwester, wir haben sie geliebt.«

»Sie war sehr selbstherrlich. Was hat sie denn nur mit dem Beichtvater angestellt? Wenn sie dem gesagt hätte, dass sie an der Lossprechung Zweifel hat, hätte er ihr die Beichte nicht abgenommen.«

»Sie hat an Gott geglaubt, und die Kirche war ihr wichtig.« Martin war wieder ihr Anwalt.

»Ja, aber an deren Lehre hat sie nach eigenem Gusto herumgebastelt. Das Bußsakrament ist nicht irgendetwas, sondern ist nach der kirchlichen Lehre der einzige ordentliche Weg, den Sünder mit Gott und der Kirche zu versöhnen.«

»Ihre Reue und der Vorsatz, diese Missetat nicht wieder zu begehen, waren aber ohne Zweifel echt.«

»Ja, aber kraft eigener Gesetzgebungsbefugnis hat sie den Status der Vorbehalts-Katholikin erfunden und sich selber dazu ernannt. So etwas gibt es überhaupt nicht.«

»Katholiken mit Glaubenszweifeln gibt es.« Martin ließ nicht locker.

»Sie tat aber, als sei sie damit legitimiert, die kirchliche Wohltat der Beichte anzunehmen, ›der Mann war wunderbar, hat meine Schuld zum Teil auf seine Schultern geladen‹, und eliminiert ihr Verhalten, das in Wahrheit eine Täuschung war.«

»Das wird sie ihr Leben lang fortgesetzt haben, einen Priester als interessanten Gesprächspartner zur Behandlung ihrer persönlichen Probleme zu nutzen, ja, und auch, um sich trösten zu lassen.«

»Schließlich auch eine Art individueller Selbst-Lossprechung. Sie ist faktisch zu sich selber konvertiert.«

»Aber sie hatte ein Gewissen; immer wieder, bis an ihr Lebensende, brachen Schuldbekenntnisse aus ihr heraus, wir haben ja schon darüber gesprochen, man findet sie als kurze Notizen in den Bänden Zwei und Drei.«

»Auch in Vier und Fünf. Das hängt in ihrer Seele wie ein Gebrechen am Körper. Versuchen wir's mit der Gerechtigkeit. Die Frage nach ihrem Gewissen hat sie mit ihrem ganzen Leben beantwortet. Sie hat Großartiges für ihre Mitmenschen geleistet und ist bescheiden geblieben.«

»Ob die Kirche ihr den Vorbehalt sehr übel genommen hätte, weiß ich nicht. Immerhin hat sie sich ihrem Priester anvertraut und ist erleichtert weggegangen.«

»Ich tauge nicht zum Richter, vielleicht zum Fragesteller. Sie hat versucht, sich einige Dinge des Lebens so zurechtzubiegen, bis sie ihren Wünschen entsprachen. Das konnte nicht immer gelingen.«

»Zum Beispiel bei Männern. Daher die Ledige. Wir nähern uns dem Versuch eines Psychogramms.«

»Übernehmen wir uns nicht. Aber die Frage nach ihrer Wesensveränderung, die uns ja über Jahrzehnte Rätsel aufgegeben hat, lässt sich heute wohl ansatzweise beantworten.«

»Ja, das Kind ist seelisch ganz unzweifelhaft verletzt und in seiner normalen Entwicklung gestört worden.«

»Man muss aber wohl annehmen, dass sie im Lauf der Jahre die Störung überwunden und eine gesunde, ihrer natürlichen Veranlagung entsprechende Persönlichkeitsentwicklung genommen hat. Sie war eben so, wie wir sie kannten. Nichts spricht dafür, dass sie für ihr ganzes Leben durch den Kindheitsschreck deformiert worden ist. Dazu war sie gewiss zu stark.«

»Unsere Unsicherheit hierüber war zum Teil vermutlich auch die Folge ihrer langen Abwesenheitszeiten von zu Hause.

Vater hatte sie ja gleich nach dem Prozess auf das Internat geschickt.«

»In dem sie glücklich war und natürlich dessen erzieherischen Einflüssen ausgesetzt.«

»Zu Hause hat sie oft ein wenig gefremdelt«, erinnert sich Martin.

Die lange Nacht hatte sie ermüdet; resigniert, doch nicht ohne Erleichterung, versicherten sich die Brüder, alles ihnen erreichbare Wissen über Susannes Mysterium aufgedeckt zu haben. Doch die Genugtuung darüber wurde geschmälert von der enthüllten Amoralität, der von der Wirklichkeit entlarvten Illusion einer strahlenden Familiengestalt. Deren Bildnis mussten sie sich von Neuem formen. Die Zeit dazu würden sie sich nehmen. Sich und der Susanne.

Wortlos schritten Günther und Martin am nächsten Morgen durch die breite Allee des Städtischen Zentralfriedhofs zum frischen Grab ihrer Schwester. Bei sich trugen sie die Asche der Tagebücher, die sie in der vergangenen Nacht in Günthers Kamin verbrannt hatten. Mit bloßen Händen vergrub er die Asche in der noch lockeren Erde.

»Dein Tagebuch ist verbrannt, liebe Schwester, wie Du es gewollt hast. Seine Asche geben wir in Deine Obhut. Das Wissen, das Du allein mit ins Grab nehmen wolltest, ist jetzt auch in unseren Köpfen, wie wenn Dein Tod das Vertrauen im Familienbund wieder hergestellt hätte. Wir bleiben an Deiner Seite, werden unser Wissen mit ins Grab nehmen und so Deine Entscheidung sichern, es vor allen Menschen geheim zu halten. Aber Du hast mir eine Wunde geschlagen. Lass ihr Zeit, zu heilen.« Günther wandte sich ab, und sein Bruder stand allein vor dem Grab. Er verrichtete ein stilles Gebet.

Ebenfalls bei TRIGA – Der Verlag erschienen

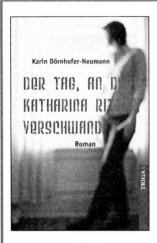

Karin Dörnhofer-Neumann
Der Tag, an dem Katharina Ritter verschwand
Roman

Bettina Ritter, sechzehn Jahre jung, lebt bei ihrer Tante Katharina. Ihr Leben verläuft normal - bis zu dem Tag, an dem die Tante verschwindet, spurlos. Was ist passiert? Ein Unfall, eine Entführung oder gar noch Schlimmeres?

Gemeinsam mit Erik, der plötzlich aus dem Nichts auftaucht, geht Bettina auf die Suche. Welchem bis dahin sorgsam gehüteten Geheimnis sie dabei auf die Spur kommt, wie sie sich hoffnungslos in Erik verliebt und verzweifelt ihrem Leben ein Ende machen will, wie sie verlässliche Freunde findet, und schließlich mit neuem Mut weiterlebt - all das beschreibt die Autorin einfühlsam und so spannend, dass man das Buch nicht aus der Hand legen möchte.

14,50 €. 410 Seiten. Pb. ISBN 978-3-89774-433-2

Petra Eichler
Mörderisches Doppelleben
Kriminalroman

Berlin-Kreuzberg: Eine junge Frau ist ermordet worden. Hauptkommissar Robert Kern nimmt die Ermittlungen auf. Dabei stößt er auf merkwürdige Parallelen zu zwei noch ungeklärten Mordfällen. Hat er es mit einem Serientäter zu tun, der immer nur junge Frauen mit langen, blonden Haaren tötet? Plant dieser vielleicht schon den nächsten Mord? Kern hat einen Verdacht, der sich immer mehr erhärtet. Er setzt eine junge blonde Polizistin als Lockvogel ein, um den geheimnisvollen Mister M. in die Falle zu locken.

9,80 €. 176 Seiten. Pb. ISBN 978-3-89774-560-5

TRIGA – Der Verlag
Herzbachweg 2 · 63571 Gelnhausen · Tel.: 06051/53000 · Fax: 06051/53037
e-mail: triga@triga-der-verlag.de · www.triga-der-verlag.de